文治
© wénzhì books

更好的阅读

明日边缘

〔日〕樱坂洋——著
蔡东辉——译

浙江人民出版社

目 录

第一章

新兵桐谷

1

开战十分钟，令人窒息的恐惧包围着战场。

想象一下。

积甲如山、尸横遍野……

远处的子弹发出低沉混浊的声音，干巴巴的，叫人胆战心惊。擦身而过的子弹则带着清冽而尖锐的噪声，令人头皮发麻，嘶鸣着朝我飞来。子弹打在地上，掀起一层沙土，下一发转瞬即至，又在掀起的沙土上撕开一道口子。

四处浓烟滚滚。枪林弹雨之中，一颗手指大小的子弹穿过身体，就足以叫人一命呜呼。刚刚还一起行动、一起说笑的家伙，转眼就成了一堆腥热的肉块。

死亡来得极其突然、迅速且残酷。

要我说，能死得干脆利落的家伙都算走运。有多少人，骨头被打碎、内脏破裂、体内大出血，只能在泥沼中苟延残喘，孤独地等待着死神悄悄靠近，被它冰冷的双手扼住咽喉。

假如有天堂，那一定是个冰冷、漆黑又孤独的地方。

我恐惧万分。

我的双手不停地颤抖，僵硬的手指拼命扣动扳机，试图用一连串灼热的子弹赶走死神。

“噗、噗、噗”，枪身的后坐力传来比心跳还强烈的节拍。战士之魂不在体内，而是沉睡于武器之中。随着枪身变得赤红，支配肉体的恐惧逐渐化作愤怒。

用零零星星的空中支援敷衍了事的司令部，去死吧！

定出这么个愚蠢至极的作战方案的参谋本部，去死吧！

惜炮如命，不舍得对左翼进行大规模炮击的炮兵科，去死吧！

对面倒下去的家伙，去死吧！

企图干掉我的浑蛋！去死吧！

能动弹的一个也不放过。

都给我去死！都给我乖乖躺下！

我咬紧牙关大声怒吼，同时拼命扣动扳机，用手上的“钢铁猛兽”尽情宣泄愤怒。

每分钟击射450发的20毫米口径重机枪，弹夹转眼就打空了。管不了那么多了，人要是死了，留着子弹还有什么用！我开始换弹夹。

“掩护！”

闻声为我掩护射击的战友已经死了，耳边徒劳地传来支离破碎的电波声。

我扣动扳机。

敌阵飞来的第一发子弹就击中了我的战友约那巴尔。穿甲弹打穿了他的机甲，贯穿身体，在机甲上留下一个矛状的尾迹，矛尖处沾满了滑溜溜的液体，搞不清是血还是油。他的机甲怪异地舞动着，持续了大概十秒，然后一动也不动了。

根本用不着叫卫生兵，他胸口开了个直径2厘米左右的洞，直接贯穿到背部。伤口周围的机甲被子弹掀起，摩擦产生的热量燃起橘黄色火焰，微微摇曳着。当时，战斗开始的信号才发出不到一分钟。

约那巴尔那家伙，虽然逮着机会就拿自己先入伍一事耀武扬威，还喜欢在别人看推理小说时突然剧透，但并不是什么罪该万死的恶人。

我所属的301师团装甲化步兵第12连队第3大队第17中队的146名队员，驻扎在特牛岛北部。乘坐运兵直升机上岛后，埋伏在敌军左翼后方，任务是悉数歼灭从我方正面攻击中逃脱出来的敌军散兵。

没想到……

开战前约那巴尔就死了。

那是一场偷袭。不知道他死的时候有没有痛苦。

回过神来，我和我所属的部队已经处于战场中心。敌军也好我军也好，都向着我们开火。嘶吼声与哭喊声响作一片，除了满耳朵的叫骂声，其他什么话也听不见。小队长没挺多久就死了，资格最老的军曹也死了。支援直升机的螺旋桨声听不到了，通信也断了。整个队伍支离破碎。

我之所以活了下来，是因为约那巴尔死的那会儿，我一直趴在地上。

在大家英勇奋战时，我躲在一堆机甲残骸中瑟瑟发抖。士兵身上穿的机甲由享誉世界的日本复合装甲板制成。就算一件不顶用，两件的话，敌方子弹应该无法穿透，我心存侥幸地想，心里期待着：闭上眼睛藏好，也许敌人一会儿就撤了。没错，我很害怕。

我是刚从训练基地出来的新兵，姑且知道怎么用机关枪和打桩枪，但只有一身三脚猫的功夫。

不管是谁，扣下扳机子弹都会出膛——“砰”！但是，什么时候开枪，朝哪里开才能突出重围，这些战场经验少得令人绝望。

又一发子弹从头顶呼啸而过。

嘴里一股血腥味。

一股铁的味道，也是证明我还活着的味道。

手套下面的手掌滑溜溜的。机甲一阵颤动，告诉我：你勉强还活着。我闻到一股机油的味道。外面的臭气已经穿过即将报废的过滤器侵入甲内。敌军尸体散发着树叶揉烂后的腥臭味。

从刚才开始，腹部以下就一直没有知觉。伤口的疼痛也感觉不到，不知道是好事还是坏事。有人说：痛苦是活着的证明。不过也好，至少可以不用担心漏在机甲里的小便了。

油气炸弹已经用光了，20 毫米重机枪的子弹还剩 36 发，再过 5 秒弹夹就会打空。单兵装备 3 发弹药的火箭筒还没派上用场就不知道丢哪儿了。头部辅助摄像头报废，左臂装甲基本报废，开足马力也只能输出 42% 的战力，左肩的打桩枪没有报废简直就是个奇迹。

打桩枪是通过爆炸发射碳化钨桩头的近战兵器，只有与敌人近身肉搏时才会用到。一个个装满火药的弹壳足有成年人的拳头大，能以 90 度的角度防御打桩枪的只有坦克的前装甲。打桩枪的弹夹装弹量是 20 发，第一次听到这个数字时我曾想：要是战斗激烈到要近身肉搏 20 次，人早都死了。不过事实好像并不是这样。

剩余弹药，4 发。

开火 16 次，可能有 15 次射偏。

也许是16次。

平视显示器（HUD）已经破损，画面歪歪扭扭。看不清的地方是死角，有敌人潜伏也发现不了。

熟悉机甲的话，不用辅助摄像机也可以掌握周围的情况。战斗需要的不仅仅是视觉。通过金属与陶瓷的叠层结构传递过来的冲击力、扣动扳机时的手感、脚底的触感、仪表盘上的各种数字，身经百战的老兵总有办法把握战况。

但是，我不会。

刚上战场的新兵什么也不懂。

呼气。

吸气。

一股潮热的汗臭，令人不适的味道。好想擦一擦流出的鼻涕。

确认一眼显示器边缘的时间。从战斗打响到现在，一共过去了61分钟。

怎么回事？！感觉已经连续打了三个月了。

我环顾四周。在手套里握紧拳头。不要用力过猛！我告诫自己：弹着点会下偏！

一个黑影从眼前掠过。

没时间看脉冲多普勒雷达[1]了！

1　脉冲多普勒雷达（Doppler radar），是利用多普勒效应测量物体在雷达波束方向上的径向运动速度的一种雷达。

不管三七二十一，我开枪了。

啪啪啪！扬起一片尘土。

敌方子弹总是撕裂空气朝我飞来，我的子弹却总是邪门地错过目标。训练基地的教官说，枪这玩意儿就是这么回事。可是，如果不让敌人也尝尝子弹迎面而来的嘶鸣，算什么公平较量！不管是谁，都得一边感受着死神的气息一边穿过枪林弹雨，这才算公平！

不过，就算听到象征死亡的嘶吼，敌人也不一定会像人类一样感到恐惧。

因为它们不是人。

联合防疫军的敌人，是怪物。

人类称之为——拟态。

管它叫什么，敌人就是敌人。都给我去死！

子弹打光了。

浅褐色的尘雾中出现一具扭曲的球状阴影。

高度不及人类，大概到机甲兵的肩部位置。如果说人类是一根立起来的棍子，拟态则是一尊木桶。短小的四肢和一根尾巴长在木桶上。我们经常说那玩意儿就像一只淹死的青蛙站了起来，全身鼓鼓囊囊的。但听说从生物学角度看，更接近海星。

那玩意儿比人类小很多，不容易受到攻击，但是重量比人类大。把美国人酿造波本威士忌用的大酒桶拿来，装满浸湿的沙子，基本就是它们的重量了。这个密度，身体的70%由水组成的哺乳动物根本没法比。它短小的手臂一挥，人的身体便会轻易地四分五裂。它们身上还有被称为发射口的孔洞，从里面射出的尖矛弹，威力与40毫米口径的机关炮不相上下。

和拟态战斗时，我们钻进机甲，借助机械增强身体力量，又像刺猬一样，穿戴好最先进的武器，还裹上厚厚的装甲，即使遭到霰弹枪的近距离射击也依旧能毫发无损。就算这样，也远远敌不过那些家伙。

看到拟态，不会有遇到熊或者被老虎盯上的生理性恐慌。拟态既不会叫唤，也没有可怕的长相，更不会张开翅膀耀武扬威。它们只是机械性地杀人。在它们面前，我感觉自己就像是在马路中间等着被迎面而来的翻斗车碾压的小猫。我一点儿也想不通自己为什么要承受这些。

已经没有子弹了。

妈妈，我就要死了。

死在这冷血的战场，死在这没有朋友、没有家人、没有爱人的鸟不拉屎的岛上，伴随着痛苦与恐惧，带着自己拉下的屎与尿。敌人快速逼近，然而我已经无法拿起最后的那把武器。子弹打没了，斗志似乎也耗尽了。

拟态继续逼近。

我看见——

“死神”在耳边呼吸。

“死神”在平视显示器里。

“死神”浑身赤红，就连它那据说有两米长的巨大镰刀也是红的。与其说是镰刀，不如说更像战斧。在敌我双方皆是土黄色迷彩装束的战场上，它浑身闪耀着金属的红光。

死神以远超拟态的速度突进，伸出深红色的腿将我一脚踢飞。

装甲扭曲变形，我呼吸困难，上下颠倒。显示屏上，警示灯一片飘红。血液从口中喷涌而出，覆盖了整面显示屏。耳边传来打桩枪走火的声音。

我被踢出十米开外。咔嚓咔嚓，背部装甲板摩擦着地面。终于停了下来，我四脚朝天。

“死神”挥动战斧。

强行切断物体的刺耳的金属声。

就像火车急刹时发出的余响。

拟态的棘皮飞出去一块。

一刀。

仅一刀，拟态就无法动弹了。切断面流下灰色的沙子，拟态一分为二的身体微微抽搐着。凝聚了人类智慧的最新武器好不容易才能奏效，那家伙居然拿着一把千年前的蛮族所使用的战斧轻而易举地完成了屠杀。

“死神”缓缓回头。

布满警示灯的显示屏上，一个绿色的光点突然闪烁，是来自友军的通信：

“……费的……的吗？”

女人的声音。

杂音太多，听不大清楚。

我站不起来。身体和机甲都已奄奄一息，费了好大劲才总算翻过身来。

细看才发现，那并不是冥界的使者，和我一样，也是一名机甲兵。不同的是，我装备的是打桩枪，她则手持粗野的战斧，肩上的徽章也不是 JP，而是 US。为了便于伪装，一般的机甲多选用沙漠迷彩纹，就像咖啡洒在沙地形成的图案。她的装甲则是鲜艳的、亮闪闪的金属红。

以前听说过她。

战场上的女武神。

征战于世界各地的好战分子。听说人类消灭的拟态中，有一半是这个女人所属的联合防疫军 US 特种部队的战果。他们嗜战成瘾，恨不得敌人的攻击再猛烈些。在这样的环境中生存下来，也许，她才是真正的死神。

深红机甲手持战斧向我走来。她把手放在我肩上，摸到按钮开始接触式通信。

“有个问题要问你。”

耳边传来清晰的女人声音，清脆嘹亮，很难把这个声音与刚刚眼前发生的战斗还有她手中两米长的战斧联系起来。

“书上说日本餐厅的饭后绿茶是免费的……真的吗？”

拟态体内流出的传导流沙在风中飞舞。我发出不争气的呜咽。远处的子弹呼啸而过。

这里是战场。

是约那巴尔艰难扫射直到弹药耗尽的地方，是小队长在机甲里屎尿横流的地方，是全体小队队员在血流成河的沼泽中艰难爬行的地方。

“我之前盲信书上写的，吃了大亏，后来每次都问问当地人。”

可是……这个女人的语气却如此轻松，简直像是在路上和邻居拉家常。

在别人屁滚尿流半死不活的时候，你却在聊饭后的绿茶？冷不防踹人一脚，还聊什么绿茶？这家伙脑子里在想什么！我想破口大骂却张不开嘴，一肚子的污言秽语在喉咙里打转。

“听说作家会把一些连自己都不知道的东西写进小说，还写得跟真的一样。不过这些也是一位写战争小说的作家告诉我的。话说你吞一口口水，松开扳机，深呼吸。”

我照做，冲上脑子里的血终于缓缓下去。很奇怪，女人的话让我得以镇静下来。

腹部的疼痛再次袭来。

机甲将肌肉的痉挛误判为操作信号，咔嚓咔嚓地颤动着。和约那巴尔死前的怪异舞动很像。

“痛吗？”

“废……废话。”

费力挤出的声音略带私语般的沙哑。

深红机甲单膝跪地，直直地盯着我腹部掀开的装甲。我问道：

“战况怎么样？”

“301 师团已经崩溃。主力撤到了海岸线，目前正在重组。”

“你的部队呢？”

“那些家伙，操心也没用。”

“我……我呢？我怎么样？”

“腹部贯穿，子弹被后装甲挡下。里面已经烧焦了。”

“很严重吗？”

“对。”

我仰望天空。

“天空……还挺好看的。”

“对，我喜欢这个国家的天空。”

“为什么？”

“四面环海的国家，天空往往清澈又好看。”

“我……会死吗？”

“对，你会死。”

眼泪流了下来。

庆幸的是，不透明头盔遮住了脸，不争气的表情不至于被人看见。

深红机甲轻轻抱起我的头：

“名字能说吗？不是军阶和部队番号，是你的名字。”

“凯奇……桐谷·凯奇。”

“我叫丽塔·沃拉塔斯基。我会在这里，直到你死。”她说。

我开心极了，只是性格使然，嘴巴硬是要说：

“你也会死的。”

“我有我的目的。等你死了，我要把你的电池拿走。”

“真过分。”

“所以别客气，放心走吧。”

这时，丽塔收到通信，是一个男人的声音。和她连接在一起的我也被自动同步了。

“主饲养员呼叫瘟神。”

“收到。”

丽塔简单地回答。

“中枢 α 周围压制成功，可坚持压制 13 分钟，去把外卖比萨取回来。”

“瘟神收到，马上关闭通信。”

深红机甲站了起来，接触通信断了。

她背后传来沉闷的爆炸声，巨大的声响令我后背发凉。

从天而降的激光制导导弹钻入地面，挖开基岩后炸开。发白的沙地像烘烤过头的蛋糕般膨胀、裂开，裂缝中露出红糖色的土块。整个地面都在晃动。雨点泥土般打在机甲的装甲上。丽塔的战斧闪耀着耀眼的光辉。

烟雾散去。

爆炸形成的巨大弹坑里，有东西在活动。多普勒雷达上显示出红光点点。是敌人！数量太多，点和点重叠在一起。

她好像点了点头。

突击。

砍！砍！转身，砍！战斧每闪耀一次就有拟态的棘皮被掀飞。从横断面流出的传导流沙随着旋风旋转飞舞。她轻易地屠杀敌人，像切黄油般轻松自然。丽塔保护着我，以我为圆心辗转腾挪。

明明是接受过同样训练的士兵，我躺在地上像一个耗尽电池的玩具，她却挥舞着战斧英勇奋战。当初上战场并非被迫，可是在这个自己主动选择的战场上，我却一无是处。自生自灭就好了，现在还连累施救的战友，让她陷入危险之中。

打桩枪还剩三发子弹，不打完这三发子弹，绝对不能死。

我撑起一条腿，把手放在膝盖上，站了起来。

大叫着，不顾一切地向前冲。

深红机甲回过头来，耳机传来杂音。

我不知道她说的是什么。

敌阵中有一头非同寻常的拟态。不是说长得有什么不一样，外表依旧是溺死的青蛙，只是感觉上和其他拟态截然不同。也许是生死关头极度紧张的神经使我的感觉高度敏锐，才得以识别出最应该攻击的敌人。我打定主意。

我扑了上去。

拟态的尾巴横扫过来。

我感到身体轻飘飘的。手臂断了，还好是右手。打桩枪装备在左肩。

我扣下扳机。

发射。

90 度角。

再次发射。

棘皮打穿了。

再次发射。

我丧失了意识。

2

枕边放着读到一半的平装书。

是一本推理小说，主人公是一位自诩为东方通的美国侦探。食指夹在书中。那一页，案件的相关人员聚集在纽约的日式餐厅。

一位意大利客人饭后准备要一杯意式浓缩咖啡，侦探则卖弄学识，说日本的餐厅会在饭后提供绿茶，不用特意下单。后来还说什么酱油烧的菜和绿茶比较搭，又解释为什么印度奶茶里要放香辛料。打着揭晓犯人的旗号把大家聚在一起，却满口说着无关紧要的话。

我擦了擦眼睛，隔着衬衫摸摸腹部。摸到了半年前还没有的腹肌线条，上面没有伤口，也没有烧焦，右手也好端端地长在肩膀上。我松了一口气。

也就是说，我看着稀奇古怪的小说睡着，所以做了场噩梦。

“Crazy 电波斯基”来问推理小说的事时，我就应该注意到这是一场梦。横跨太平洋前来征战的 US 特种部队队员怎么会看畅销推理小说呢？有看小说的时间他们应该用来维护机甲才对。

真晦气。

竟然在首战这天……欸，上战场前梦到自己破格连升两级该多好。

狭窄的铁架床上铺，电台播放着低音部混浊不清的音乐，那是一首很老很老的摇滚乐。正是基地开始工作的时候，无端情绪高涨的广播员发出动漫配音般的夸张嗓音。那声音穿过基地的噪声和周围那帮家伙的闲聊声传进我的耳朵。大得令人后脑勺发麻的声音漫不经心地播报着今天的天气：各岛将持续昨天的好天气、下午需注意防护紫外线之类的。

不可燃材料搭建的简易士兵宿舍，墙上贴着小麦色皮肤的泳装女孩儿。也不知道是哪个家伙，把女孩儿的脸挖了下来，换上了从军报上剪下的首相头像。女孩儿笑眯眯的脸则贴在了旁边姿势做作的肌肉男头上。肌肉男的脸则不知所终。

我在下铺伸了伸懒腰。用钢管焊成的半永久床架发出吱吱呀呀的声音。

“凯奇，这个，签字。”

约那巴尔从上铺探出头来。梦里第一个被杀死的人。不过，据说在梦里死了的家伙反而能活得更久。

约那巴尔·基恩是比我早入伍三年的机甲兵。他的身上比我少三年赘肉，多三年肌肉。如果他按部就班在社会生活，也许会是个收敛起轻薄脾性的好男人。现在嘛，该说是精悍呢……还是说……总之有了个士兵的样子。

“什么呀？”

“宣誓书，之前和你说过。”

“昨天不是签了吗？”

“嗯？签了？”

上铺一阵摩挲。

“没有啊，没有。欸，不管了，再签一次吧。”

“你不会拿去害我吧？”

“这玩意儿只会在给你领收尸袋的时候用上，想害也害不了。除非你来来回回死好几次。”

联合防疫军的前线基地有一个传统。出战前，为了助兴，士兵会潜入部队小卖部（PX）偷酒，因为死了就再也喝不上了。反正第二天人就在战场了，血管里残留的乙醇也会分解。

虽然一旦被抓到就会被送进惩戒委员会，搞不好是军法会议，但是事情败露往往是战斗已经结束返还基地之后的事情了。有战斗就会有人战死，战死者不会被追究重责。所以一旦事情败露，只要把责任推到死者身上就好了。为此，每个人都会留下字据说是自己干的。

小卖部也不是不知道，所以摆在店里的酒不多，即使被偷了也问题不大。既然这样，索性在出征前给大家发酒，壮壮士气。不过好像一直都是这样。

“你可真是一点儿都不紧张。”

我接过宣誓书。

“现在就开始紧张，那可熬不到开战。”

“下午可就得穿着机甲满地爬了。”

“你打算一直穿着？没见过世面的家伙。”

“今天不穿什么时候穿？”

“不是，你这家伙……明天才出战呢！”

我从床上滚落下来。和隔壁床躺着看色情杂志的男人短暂的视线交错之后，发现约那巴尔正盯着我。

"……干吗？一惊一乍的。"

"作战……延期了？"

"没有啊。本来不就是明天吗？拿着'借'来的酒到 1900（幺勾洞洞）搞一场秘密演习，大喝一通之后明天去会阎王。不全都是计划之中的吗？"

从 PX 偷酒出来大闹一场是昨天的事情。因为第一次出战过于紧张，我没有酒兴，早早就走了，回来躺在床上看推理小说。我还记得约那巴尔和女兵办完事、烂醉如泥地回来时，我把他推上了上铺。

难道……

那也是梦？

我把床上的推理小说拿在手上。带书过来本打算有空的时候翻一翻，但是因为编队训练和跑腿打杂，一直放在包里没时间看。没想到临出战前一天竟然有机会翻开，真搞笑，我当时还这么苦笑来着。

我翻开书页。

确实看过。和记忆中一样，自诩为东方通的美国侦探正在显摆自己的绿茶知识。

——如果今天是出战前一天，那么，那天看到的内容是什么时候、怎么进到我脑子里的?

到底怎么回事?

“你听我说，作战什么的，稍微应付下就行了。”

“是吗？”

“你这家伙只要不对着战友的后背开枪然后自己活着回来就可以打 80 分了，别想太多。”

“……哈？”

“想太多的话，小心还没死就先被宇宙的奇怪信号搞坏了脑子。”

约那巴尔伸手做出手枪的样子，顶在太阳穴上。

我的上一任就因为脑子出问题被送到了后方，据说他老是收到人类灭亡的信号。身为联合防疫军的机甲兵，却偏偏收到人类灭亡的信号，真是不幸。虽然没有战死的比率那么高，不过确实有士兵这样。

战场影响的不仅是身体健康，对心理健康也同样有害。刚到前线基地似乎就出现了幻觉，也许我的脑子也亮起了红灯。

“不过啊，要我说，在战场上的人脑子不出点毛病反而是缺了几根弦。”

约那巴尔若无其事地说。

“你可别吓唬新人啊。”

“你看法瑞尔大叔不就明白了吗？要想活下去就必须得丧失

一部分作为人的重要东西。像我这么细腻又高尚的人，本来就不适合上战场，真难过。”

“军曹可是个好人啊。”

“不是说好不好的问题，心是不是石头做的，是不是菱形肌锻炼过猛把脑容量练小了，说的是这个。”

“这么说不大好吧？”

“那么我问你，你能说电波斯基也是人吗？”

“嗯……这个嘛……”

每当争执不下的时候，我们总是会背地里说丽塔的坏话。就在这时，军曹进来了。

巴托洛梅·法瑞尔是小队里资格最老的军曹，是一位长期在战场上摸爬滚打的老兵，也是队伍事实上的领导者。大家都说，构成法瑞尔的要素里，70% 是会照顾人的大叔、20% 是望尘莫及的训练狂，剩下 10% 是铁和碳。

法瑞尔眉头紧锁，扫了我们一眼，看着手拿字据的约那巴尔，眉头皱得更紧了：

“潜入 PX 的是你小子吧？”

“是的。”

约那巴尔坦然说道。

在周围床上躺着无所事事的男人们，就像突然发现杀虫剂的可怜的蟑螂，快速撤进被子里。大家都很识相，看军曹的这个脸色，准没好事。我问道：

“难道说……警卫那边出了问题？”

法瑞尔愁眉苦脸的，眉头上仿佛加了一层附加装甲。我这么问是因为梦里也发生了同样的事情。约那巴尔他们潜入PX时，碰巧发生了其他的事件，导致本应在作战结束后才会被发现的计划提前暴露了。

“你小子怎么知道？”

“没有，只是……有这种感觉。”

“什么呀？”

“其他地方有蠢货干了蠢事。虽然和你们没什么关系，不过都给我穿上第四装备，到0900（洞勾洞洞），第一滨海练兵场集合，告诉其他家伙！”

“不是……我说这玩笑也开得太大了吧？明天就要出战了，今天还搞基础训练？”

“约那巴尔伍长，重复我的话！”

“穿上第四装备到0900（洞勾洞洞），第一滨海练兵场集合……可是……军曹，每次不都是格鲁吉亚强攻作战方针吗？为什么偏偏这次这么较真儿？”

“想知道为什么吗？”

法瑞尔瞪大眼睛。我咽了一口口水。

“当然了！不管怎么说这也太离谱了。”

“你自己打听去！”

“等等！军曹！”

迈着准确的步伐走了三步，法瑞尔停了下来。

借着钢架床的钢管和手里卷成一卷的字据做掩体，约那巴尔高声抗议：

“提示下提示下！咘……咘……”

“对基地的警戒体制大为不满的是少将大人。别说是我了，就算是中队长也救不了你们。认命吧！”

“不会是为了给我们留个回忆吧？”

“怎么可能为了这个在出击前一天兴师动众，蠢货！”

我知道为什么，这也出现在了梦里。

一年半前的冲绳登陆战大败之后，联合防疫军 JP 屡战屡败。对于联合防疫军 JP 来讲，无论如何必须收复位于房总半岛海域的特牛岛。一旦敌军在特牛岛构筑起进攻据点，东京将触手可及。虽然皇居和政府机构都迁移到了长野，但东京依旧是经济中心。

参谋部也很清楚，本次作战的成败将决定日本的存亡。除了 25000 名机甲兵，紧张过头的将级军官也一个接一个来了这里——房总半岛的被称为“花线基地”的前线基地。不仅如此，日方曾拒绝 US 特种部队参加冲绳登陆战，但是这次却主动提出希望对方能够参战。

其实，就算东京变成一片沙漠，美国人也根本无所谓。不过，要是世界上最轻量、最坚固的复合装甲板生产基地——滨海工业地带被拟态摧毁，情况就不妙了。虽说现在70%的零件都由中国工厂生产，但要想生产出人类智慧的结晶——机动装甲，仍旧依赖日本的技术支持。因为这个，美国那帮家伙才过来了。

因为有第二国部队入驻，警备比平时更严了。相关物资不幸受到检查，虽然已经和警备处达成了“默契”，但是不知情的将级军官得知后却大为愤怒……基本情况就是这样。

“真倒霉，到底是哪个家伙，活儿干得这么不专业！”

“原因不在我们。铁面女王的部队是美国的心肝宝贝，所以神经绷得紧紧的。”

“哈啊……”

约那巴尔夸张地呼出一口气。

“啊！好痛啊，肚子突然好痛！军曹！我好痛啊！可能是阑尾炎！啊！不！应该是上次演习受伤感染了破伤风！肯定没错！完了完了！”

“好好补充水分，做好练到天黑的准备！别把疲劳留到明天！”

“好痛啊！啊啊啊！”

“桐谷！听见没？喝水，别忘了！”

“是、是！”

法瑞尔完全无视在床上装病的约那巴尔，转身出了兵营。

“痛……喂！真是个软硬不吃的家伙。他的幽默肯定是丢在富士山山谷之类的地方了。打死我我也不想成为那样的中年人，你不觉得吗？”

“额……”

“啊！真倒霉！就没件好事吗？！”

事情和记忆中一模一样。

之后，装甲化步兵第17中队进行了长达3小时的训练。不仅累，还被一位佩戴着闪亮勋章的少佐训了30分钟才终于解散。我还清楚记得他痛恨地骂道：要不是我没穿机甲，早就把你们的皮扒光了！

记忆中，我并没有加入他俩的对话，不过发生的事情都基本一样。

我想：今天早上看到的，真的是梦吗？

3

有个动作叫平板支撑。

也就是保持俯卧撑动作中身体撑起来的状态。

看起来简单，做起来却非常难受。不仅手臂和腹肌发麻，慢慢地，还会对时间感到麻木。每次脑子里跳过栅栏的羊超过

1000头左右的时候，一股渴望就会涌上心头：求求了！让我做俯卧撑吧！两只手臂又不是两根棍子。关节和肌肉不就是用来活动的吗？一伸、一缩，一伸、一缩，多么快乐啊！欸，想这些有的没的只会更难坚持。你是一根棍子，做一根棍子！做根笔直的棍子！

话说回来，机甲兵并不需要有很大力量。不管你握力是30公斤还是70公斤，穿上机甲最大都能抓起370公斤的东西。对于机甲兵来说，保持某个姿势长期不动的稳定性和耐力更加重要。

所以要做平板支撑，有时也做半蹲之类的动作训练。

有个说法是，平板支撑原来是巴掌和拳头被禁止后，旧自卫队的一种惩罚手段。不过在我出生前自卫队就并入防疫军了。实在难以想象，这习惯竟然会留在装甲化步兵部队。不管怎么样，想出这动作的家伙赶紧去死吧！

“98！”

“98！”

“99！”

“99！”

跟着中队随队准尉的号令，我们面向地面，破罐子破摔地大声吼叫。

汗水流进眼睛里。

“100！”

“100！”

强烈的日光映照出轮廓鲜明的影子。高高悬在天空的队旗猎猎地迎风作响。滨海练兵场的海风带着浓浓的海腥味，黏稠的水汽随着风牢牢地黏在皮肤上。

偌大的练兵场中央，装甲化步兵第17中队的141名队员保持着平板支撑的姿势一动不动。三位小队长纹丝不动地站在各自小队的前列。营帐的阴凉处，中队长一脸阴沉地看着我们。他旁边坐着的是在参谋本部任职的少佐。那位没事找事的少将大人，想必现在正吹着空调在办公室喝绿茶吧？

少将是高高在上的人。地位比我高，比约那巴尔高，比法瑞尔高，比小队长高，比中队长高，比大队长高，比与连队长平级的统管花线基地的“神”——基地司令还高。军阶高得过头，反倒没有了概念。

当上少将的人，那是肯定不会偷酒啦。肯定是天天早睡早起，睡前好好刷牙，胡子也打理得很讲究吧？就算明知可能会送命，上战场的前一天也一定心如止水、岿然不动吧？真是的，在长野好好研究你的作战方案就好了，偏偏跑到前线基地来没事找事，这里可是有规矩的！要是敢大摇大摆上战场来，看我不一发流弹让你光荣牺牲……危险的想法掠过心头。要是被窥视到，我就被拉去枪毙了。

这场拷问游戏的观众不是只有少佐。

闹得最厉害的是第4中队的那帮家伙。我们中队和第4中队有过节。在一次橄榄球比赛中，我们毫不留情地大胜30分。查出来那些酒，明明今晚也有他们的份，现在却跟没事人一样大声叫好，太丧心病狂了！到了特牛岛，就算被包饺子也别指望有人来救你们！

US特种部队那帮家伙和一个像是战地记者的男的也远远地围观我们出洋相。也许是没见过平板支撑，一个个抬起脖子粗的手臂指指点点地有说有笑。一片欢声笑语随着海风吹进我们耳朵里。隔了这么远依然吵得人心烦意乱，要是在他们面前放个气球，还不得把气球震破了？把相机拿走！别拍！你也等着阵亡吧！给我记着！

疲劳和痛苦侵蚀着身体。

累死了。

我有点无聊了。虽然上一次是在梦里，不过我已经是第二次接受这种基础训练了。况且是平板支撑，一动也不能动。越是痛苦越是要积极地找乐子——我想起在训练基地时教官说的话。我活动眼球，头部一动不动地环视四周。

脖子上挂着通行证的美国记者咔嚓咔嚓地拍着照片。那是一个肌肉健壮的男人，和肌肉男扎堆的US特种部队站一起也毫不逊色。看起来远比我更适合上战场。

US特种部队的那帮男人给人的感觉和法瑞尔军曹相似。以压力和痛苦为友，即使危险近在眼前也能笑着面对：哟！终于来啦！作为入伍第一年的新兵，我望尘莫及。

那群男人里，站着一位与众不同的女性。

在特种部队不远处，有一个女人孤零零地站着。她身材娇小，和 US 特种部队那帮大块头站在一起，形成极大的视觉反差。

《绿山墙的安妮上战场》——我脑子里浮现出一个书名。

那感觉就好比是蒙格玛利突然发疯，写了一篇外传：披着一头红发的安妮抱着机关枪冲进了第一次世界大战的战场。

女人一头红褐色的头发。颜色略偏红茶色，并不是血色之类让人感到英勇神武的色调。若不是她穿着一件沙黄色衬衫，就算被误认为是来基地参观不小心迷路的女学生也毫不奇怪。

就像中世纪的平民见到王公贵族，一群大老粗远远地围着身高只到自己胸前的女人。

一个念头突然闪过。

那不会是丽塔吧？

是的，一定没错！不然这么不像机甲兵的女人没有理由会和美军部队混在一起。一般的女装甲兵无一不让人联想起大猩猩和人类的混血儿，因为只有这样的人才能在征战于一线战场的装甲化步兵部队干下去。

丽塔・沃拉塔斯基是全世界最有名的军人。

我报名参加联合防疫军的时候，几乎每天都在网络新闻上看到“天才突击队员出现”“女武神现身”之类的标题。听说好莱坞似乎还要拍一部以她为主人公的电影，可惜还没等到上映我就入伍了。

据说……

她所在的 US 特种部队在战斗中消灭的拟态数量大概占了人类所消灭的拟态数量的一半，相当于 3 年消灭了本来要 20 年才能达到的数量。丽塔就像一位救世主，降临在节节败退的联合防疫军中。

但我们分析，她实际上不过是当局为了挽回战局，配合新武器和新战术的开发而组建的宣传部队的一员。

部队中，60% 的士兵都是男性。在前线卖命的机甲部队，这一比例更是高达 85%。和来历不明的生命体连续战斗 20 年，而且败像日益明显。这种时候，对于四肢发达、头脑简单的男人而言，出现在面前的救世主是男的好，还是女的好？如果我是参谋总长，毫无疑问会选择女的。

有 US 特种部队参与的战线顿时士气大增，在退无可退之时，联合防疫军开始了反扑。结束北美防疫战后，他们又参加了第二次欧洲防疫战，之后又支援了北非防疫站。然后这次，来到了敌军逼近本州岛的日本。

美国兵称她为战场的女武神，或者是“Queen 女武神”。

我们则偷偷叫她“Crazy 电波斯基”。

丽塔·沃拉塔斯基穿的是一副遍体通红的机甲，真是胆量惊人。为了尽量迷惑敌人，技术人员熬红了眼开发出了可以吸收电波的涂层。可她对此嗤之以鼻，而是选择了金属红的涂装。而且不是普通的红色涂料，是荧光涂料。在黑暗环境里会释放在亮处吸收的光线，发出鲜艳的红色光泽。

不过也有人在背地里说，她那红色涂装是用战友的血染的。在战场上过于瞩目会受到敌人的集中攻击。因为是宣传偶像，她常常理所当然地对战友施暴，有时还会拿战友当挡箭牌。偏头痛发作起来不分敌我，胡乱闹腾。因此，不管多么惨烈的战场，她总能毫发无损地回来……

数量众多的传闻以及传闻的可疑程度，正好供那些有大把空余时间无处打发的士兵消遣。明明同为机甲兵，也生活在同一个前线基地，我却从来没见过她。我们或许对同为士兵却受到特别照顾的丽塔·沃拉塔斯基心存不满。

我兴致勃勃地看着丽塔的短发，发梢凌厉地卷起。

细看后发现，丽塔·沃拉塔斯基五官端正，甚至可以算得上是一位美女。高挺的鼻子、尖尖的下巴、脖子又长又白。顺带说一句，身材也很瘦削，完全不像是白人该有的样子。不过这些都无关紧要……不知道是哪个家伙，居然能从她这个样子联想到战场的女武神，脑子一定是有问题。

今天早上的梦里，如果红色机甲“咔嚓”一声打开，然后她从里面走出来，我必定会大吃一惊吧。在我毫无根据的想象中，丽塔·沃拉塔斯基个子应该再高一点，带一丝冷酷，身材曼妙，浑身散发着精明能干的气场。我不禁扑哧一笑。

然后……

视线交会。

短暂的时间里，她凝视着这位盯着自己看个没完的无礼新兵。我回看她，像一只凝固的青蛙。

她迈起脚步，走了过来。

走路的样子宛如一只大型野兽。她举步生风，一步一步扎扎实实地踩在地上。不过由于步幅不大，结果导致她走路的样子难以形容，既稳健，又显得有些着急。

而我一动也不能动。别过来！浑蛋，拜托了！去别的地方吧，去、去！

丽塔并没有停下。

不妙。手臂的肌肉开始发抖。

既稳健，又急切。

欸？

也许是拼命的祈祷起了作用，她在我眼前突然转了个 90 度的弯，向着少佐的营帐走了过去。

形式性的敬礼。既不拖泥带水，也不夸张做作，是恰到好处的战场的女武神式的敬礼。

少佐用诧异的眼神看向她。丽塔的军衔是准尉。在军队的等级体系中，少佐和准尉的差异就像是略显高档的餐厅推出的套餐和普通餐馆的午餐套餐的区别。顺便说一下，我是刚入伍一年的新兵，属于快餐，而且是配菜中一抓一大把的土豆。

不过，她是联合防疫军 US 的人，是本次作战的关键，也是比世界上任何一位军人都更为重要的人。事实上的力量关系有点微妙。

丽塔沉默地站着。

少佐开口了：“……有什么事吗？”

“请您允许我一起参加基础训练。”

清脆嘹亮的声音，和梦里听到的一样。一口发音标准的“高速英语”。

“明天可是有作战任务的。”

“他们也一样。我所属的部队没有做过这样的训练。我认为是否参加此次训练，对于能否在明天的联合作战中顺利合作至关重要。”

少佐似乎有所沉吟。在远处看热闹的 US 特种部队那帮家伙吹响口哨大肆起哄。

“为了作战能取得成功，请您务必同意。”

“嗯、嗯，好。”

“谢谢您的理解！”

严肃地敬礼，右转。丽塔走进正在和地面干瞪眼的男兵列。

就在我旁边。她开始平板支撑，突然紧绷的空气中传来一股柔韧的肉体所散发出的热气。

我仍旧一动不动。

丽塔也纹丝不动。高挂在天空的太阳毫不留情地散发着热气，火辣辣地灼烧着我们的皮肤。一滴汗水从腋下滑落。丽塔的皮肤上也挂着汗珠。简直像是和圣诞节的火鸡关进了同一个烤箱的小鸡仔。

她的嘴唇轻轻地一张一合，声音很小，只有我能听到：

“我脸上沾东西了吗？”

“欸？”

“你刚刚一直在看我吧？”

“没、没有……”

“我还以为被激光瞄准器盯上了呢。因为不是很习惯这么不客气的眼神。”

“对不起。并、并没有什么特别的原因。”

“好吧，原来是这样。”

“桐谷！干吗呢！背挺直！”

小队长破口大骂，我赶紧伸直手臂。丽塔·沃拉塔斯基一脸事不关己的样子继续做着平板支撑，俨然一副生下来到现在从来没和旁边这位士兵说过话的样子。

训练不到一小时就结束了。被丽塔反将一军的少佐，一句话也没说就慌慌张张回了宿舍。装甲化步兵第 17 中队有意义地度过了出击前一天的下午。

事情的发展和记忆中不一样。在梦里，我没有和丽塔对上眼，她也没有参加训练。

难道……不过也可能是我多想了，难道她是为了将少佐一军所以才参加训练的？在军队这个绝对的阶级社会里，对将级军官下令的惩罚训练泼冷水，这种戏码也就只有女武神的化身才能上演了。也可能这位脾气难测的电波女只是单纯地对平板支撑感到好奇而已……

丽塔・沃拉塔斯基会不会其实没有谣传的那么坏？我不禁想起这些有的没的。

4

“啊，昨天可真是太爽了！”

“知道了，知道了。”

“反应太好了，我甚至怀疑那小身板里是不是装了弹簧，腹肌特别有弹性。”

“要是被本人听到你就完了。”

“哪有人听到自己被夸还会生气的。哎，真不错。”

约那巴尔边说边一前一后地扭着腰。

穿着机甲的人做这样的动作显得极其滑稽。完全看不出来这个人一个无意间的动作就有着摧毁一间房子的威力。

穿着待机状态的机甲，小队埋伏在特牛岛的北部。我们前面立着一面高约 50 厘米的屏幕，屏幕上显示着身后的景色。那是一个叫光学迷彩的装置，为的是从正面看过来的敌军不容易发现我们。

拟态平时藏身在与海底相连的洞窟中。登陆作战前，我们发射了数量惊人的钻地导弹。钻地导弹会钻入地底然后爆炸，其造价昂贵，一颗就能烧光我一年的工资。没想到的是，拟态居然巧妙地避开了所有的空中轰炸，我们甚至怀疑它们是不是通过什么方式事先了解到了作战计划。人类虽然掌握着制空权，可是到头来还是只能通过大规模的地面作战把他们“烤”出来。

承担伏击任务的我们队并没有携带小汽车大小的可拆卸式大口径机关炮。携带的武器只有 20 毫米口径的重机枪、油气炸弹、打桩枪以及每人 3 发的火箭弹。

我通过通信电缆直接联系约那巴尔，他则和法瑞尔连接。率领分队的法瑞尔不仅同时连接多位队员，还要和小队长进行加密通信。气温是 28 摄氏度，气压 1041 百帕，主力部队即将开始进军。

和记忆中有所不同，昨天晚上，只用一个小时就从基础训练中解脱出来的我参加了出战前夜的狂欢。已经看过一遍的书就没有再看的欲望了。不过，约那巴尔和女兵办完事烂醉如泥地回来时，我把他推上了上铺，这倒和梦里一样。

约那巴尔的女朋友也是名机甲兵。除了特种部队，前线部队一般男女分开，不可能会在战场相遇，不过我还是问他：

“如果，我是说如果，某一方死了，不会觉得很难过吗？”

“啊……那会难过死。”

“那怎么还……”

“天堂又不是瑞士，可以先把钱存进秘密账号，然后再远走高飞。管他三七二十一，出战前把能做的都先做了，这是士兵的基本素养。”

“话是这么说……”

“别酸别酸，所以我说你小子也赶紧找个女朋友嘛。”

“我没酸！”

“电波斯基怎么样？训练的时候不是聊上了吗？你小子对她有意思吧？”

“约那巴尔！吵死了。”

“连军曹也这么说吗？好难过啊……我虽然看着像是在说胡话，可都是为了保护我那敏感又细腻的神经啊。大家不也一样吗？”

“部分同意。”

“我选择弃权。”

“……”

“非得选一个的话，我选同意。”

“你小子的玩笑我本来就用过滤功能过滤掉了，所以根本无所谓。”

“约那巴尔的逗哏先不发表评论，桐谷这捧哏还差点火候。”

“分队长！我觉得是时候重启一下机甲的系统了，要是在战斗中崩了可就完了！”

“烟、烟、烟、烟……啊……好想抽烟啊！”

“怎么回事，你这家伙，尼古丁中毒还没好啊？”

“叽叽喳喳的，烦死了！吵得老子都睡不着了！”

通过通信电缆连接在一起的分队队员纷纷开口，法瑞尔无奈地耸了耸肩。

紧张到身体仿佛要裂开的时候，想想开心的事情就好了，这是真的。我也在训练基地学到过。这帮人面兽心的家伙所能想到的“开心的事情”基本都与异性有关，这也是没办法的事。

然而我所能想到的女人，只有图书委员的她，可现在连面容也越来越模糊了，也不知道她现在怎么样了。结婚半年多，也许肚子里已经怀上了吧。

我刚毕业就参军一事与我们没有在一起并没有直接的因果关

系。嗯，应该没有。

当时我以为，在生死由天的战场，也许可以为这个世界找到些许意义。当时的我，想法太青涩了。如果说，现在的我是七八月里青涩的果子，那当时的我就是四五月的。很不幸，我的命似乎还没有一发导弹值钱。下了大把赌注，可是现在仍然没有哪位好心的庄家愿意出来告诉我世界的意义。

“我说……我们战壕也不挖就这么坐着真的没事吗？”

“挖了战壕还怎么隐蔽？”

“我觉得光学迷彩可能派不上多大用场，人家的可视范围又不一定和人类一样。冲绳那会儿不是吃了大苦头吗？敌军本来应该看不见的攻击直升机被噼里啪啦打了个落花流水。”

“待会儿见面了我问问他们看不看得见。”

“我倒觉得战壕是人类最伟大的发明。啊……好想挖啊！”

“等回去了，让你挖个够，特许你挖！”

“你那不是对俘虏的严刑逼供嘛！”

“有时候我想，要是有哪个家伙能发明个拉链把你小子的嘴给封上，把我的全部退休金给他都行……战斗开始了！都给我小心点！”法瑞尔吼道。

刺耳的子弹往来交错的声音传来。远处炸弹爆炸，大地一片震动。

我看向约那巴尔。从基础训练时发生的事情来看，梦终究是梦而已。不过要是真的开战不久就死在我旁边的话，那也不是什么让人心里好受的事。尖矛弹是从两点钟方向穿过光学迷彩显示屏过来的。大概是战斗开始一分钟的时候。

我憋着劲，准备随时把他推开。

手臂在发抖，背上痒痒的。作战服的内胆皱起，压迫着我侧腹的皮肤。

来吧！

从结论上说，约那巴尔没有死。

本来应该飞向他的第一发子弹不知道为什么朝我飞了过来，我完全没有躲避的时间。那倒霉子弹径直朝我飞来的样子，我应该永远也不会忘记。

5

枕边放着没有读完的平装书。

主人公是一位自诩为东方通的美国侦探。食指夹在书中。那一页，案件的有关人员聚集在纽约的日式餐厅。

我继续躺着，眼睛环视四周。一模一样的宿舍。

泳装女孩儿海报上的首相的脸。铁架床上铺，低音部混浊不清的电台音乐。纵使她离开又何须悲哀，已经离世的歌手静静地唱着。听到动漫嗓的广播员播报天气预报后，我从床上起来。

随后又一屁股重重地坐在床上。

用力捏了一把手臂。

红了。

好痛。

泪水模糊了视线。

“凯奇，这个，签字。”

约那巴尔从上铺探出头来。

“……”

“怎么回事？睡傻了？”

“没有，签字是吧？好的。”

约那巴尔缩了回去。

“问你个问题。”

“什么？签字就行，其他什么也不用写，也不要在背面画小队长的大头画。”

“我不会画的。”

“是吗？我第一次的时候可画了。”

“别把我和你……算了。今天……明天出战是吗？”

“当然了，这有什么好问的。”

“我们不会是……一直在重复同一天吧？”

“你小子是不是睡傻了？昨天过了是今天，今天过了是明天。要不是这样，情人节和圣诞节不就永远都过不上了吗？要乱套了。”

“……是啊。”

“欸，那个……虽然是第一次出战，不过你也别太当回事了。”

“啊……”

“想太多的话，小心还没死就先被宇宙的奇怪信号搞坏了脑子。”

我呆呆地望着钢管焊成的床架。

我小的时候，拟态和人类的战争就开始了。当时，孩子们流行玩一个模拟与外星人枪战的游戏。用的是装塑料子弹的弹簧枪，就算打中也不疼，近距离中弹的痛感也是可以忍受的程度。

我很擅长扮演英雄烈士，就是那种故意跳出来然后挨一身子弹的角色。我假装中弹的样子，夸张地扭动身体，就像跳舞一样，中弹越多扭得越快。英雄牺牲后，战友群情奋起，突击敌人。用自己的牺牲换取人类的胜利，游戏总是以这样美好的结局落幕。宣告人类胜利后，扮演敌人的家伙也自动恢复人类身份一起高呼万岁。真是个天真的游戏。

之所以能扮演英雄烈士，是因为那只是游戏。在现实战场牺牲成为英雄，即将成长为一名大人的桐谷·凯奇一万个不愿意。即使在梦里……

有一种噩梦，你多次尝试醒来可就是醒不过来。梦中的我，好几次醒来后却发现自己仍旧在梦里。心里明明知道，可无法从循环中摆脱出来的窘境化作焦虑一股脑儿地涌了上来。

这次会不会也一样？我想。

眼前是已经经历过两次的出战前一天的情景。也许真正的我正在铁架床上经历梦魇。在梦里，就算出现了记忆中的现象也没什么好奇怪的。因为都是属于脑子里发生的事情……

太扯了。

我一拳打在被子上。

那个迎面而来的黑点是梦里的？尖矛弹击穿装甲板穿透胸腔是脑子里发生的？嘴巴里喷出的内脏碎片与血块是幻觉？

我告诉你肺被打穿的人是什么感觉吧，是溺死的感觉。不是溺水，是在空气里。不管你多么努力拼命呼吸，被打穿的肺都不能把给身体注入活力的氧气送进血液里。在战友们理所当然地呼吸着的空气里，那个倒霉的家伙将独自溺死。

这是我亲身体验之前绝不知道的知识，也没有听别人说过。那个感觉不会是假的，是现实发生的！

以后，每当在夜里想起那个情景，我都会尖叫着惊醒吧？那绝不是梦。即便这件事情不能对任何人说，即便没有任何人相信，但在我身体里留下的感觉证明，那就是真的。电流般在体内乱窜的痛感、塞满淤泥般死沉死沉的下半身、心脏要被捏碎般的恐惧，根本不是梦里的那种小儿科可以营造出来的。虽然不知道为什么，不过，我确确实实，已经阵亡两次了。

和约那巴尔重复那些似曾相识的话就算了，重复几十次、几百次都无所谓。我本来就被淹没在了毫无新意的日复一日里。但是，战场上的事情我可一次也不想再经历了。

继续留在这里只会死在战场上，无非是比约那巴尔早死还是晚死的问题，无论如何都无法从激烈的战斗中活下来。

不能继续留在这里。

必须逃离。

离开这里，去别的地方。

俗话说事不过三，虽然说不能过于相信神呀、佛呀之类的，但是对于上天给的第三次机会，我必须好好珍惜。一直看着铁架床上铺的床板也无济于事，最后等着我的只有收尸袋，没有其他可能。不想死就赶紧行动起来，在训练基地不是学过吗？！

如果时间是循环状态，要不了几分钟法瑞尔就会出现。第一次是在我拉屎的时候，第二次是在和约那巴尔闲聊的时候。在那之后，我们将被赶去做毫无意义的基础训练，累个半死不活。

不过换个角度想，装甲化步兵第 17 中队全员都要参加训练。不仅如此，无所事事的好事者都会一个接一个地集中在滨海练兵场。这难道不是离开基地千载难逢的机会吗？再考虑到训练结束后自己的体力消耗，这是潜逃成功的唯一机会。

故意受伤也是个办法，伤兵不需要参加训练。要注意控制伤势，使伤口看起来严重到足以不用参加训练但是又不会影响行动。

记得参加急救时曾听说过，伤口不大但是出血很多的部位是头部。当时我还想：要是被拟态从机甲上方击中头部，哪还用得着什么急救！没想到这个知识竟然有一天会派上用场。

我必须快速行动。

平时白白循环的时间偏偏在关键时刻紧张得要命，铁皮脑袋的军曹马上就要来了。行动起来！行动起来！

“你慌慌张张干什么呢？”

约那巴尔漫不经心地问道。

“我出去一趟！”

“出去干什么呢？喂！签字！”

我顾不上系鞋带，立刻行动起来，在泳装女孩海报前转弯，经过躺着看黄色杂志的男人，脚下的水泥地板发出噔噔的声响。

并不是说有什么明确的计划，目前主要是为了避免见到法瑞尔。我要找一个没人的地方想办法让自己受伤，然后看准时机，在约那巴尔和法瑞尔的话快要结束时血淋淋地回来。虽然时间仓促，不过这个计划还算不错。

啊！早知道把枕头边的军用匕首拿过来就好了。用那玩意儿对付拟态是根本指望不上，但是用来开罐头、挖洞、割草、割布却很好用，是士兵们不可或缺的工具。在训练基地的时候，好几次因为它受伤。要是有了它，轻轻松松就能在额头上划出口子来。

出了士兵宿舍门口之后，总之先往司令部的反方向跑。我继续飞奔，拐过宿舍。

有人！时机太差了！

她正使劲推着一辆堆满马铃薯的手推车，纯白色的三角巾下包着黑色鬈发，肤色是健康的浅黑色，大胸，细腰，她毫无疑问属于美女。

没记错的话，她的名字应该是叫瑞秋·如月，是个民间人士，在第二食堂工作。

战争已经持续了20年，如果把军队有关人员通通算作公务员，经费根本吃不消。所以即便是在前线基地，非战斗人员也尽量雇佣民间人士。国会现在正在讨论把非战斗地区的战斗物资运输工作也交给民营企业。有人说，搞不好再过不久士兵也将由民营企业负责外包。也不知道到底是不是开玩笑。

听说瑞秋的工作不是厨师，而是更接近营养师。和现女友交往之前，约那巴尔曾殷勤地追过她，所以我对她有印象。不过听说她嫌弃约那巴尔过于轻浮，对他不屑一顾。

这些事情在我脑子里纷纷闪过时，身体猛烈地撞上了堆成山的马铃薯。还没站稳，又踩上一个马铃薯，脚下一滑，眼看着要一屁股摔在地上。此时，马铃薯雪崩般纷纷落下砸到我的脸上，世界冠军级别的组合拳。金属做的手推车侧翻过来，对着太阳穴给了我一记右直拳，致命一击。

伴随着油气炸弹爆炸般的巨大声响，我摔了个四脚朝天，过了好一会儿才终于缓过气来。

“没事吧？”

我呻吟着。瑞秋似乎没事。

“还、还好。”

“真对不起，推着这个完全看不到前面。”

“不，是我突然跑出来的。”

“欸？你是不是……”

瑞秋碧绿的瞳孔盯着这个突然冲出来摔了个四脚朝天的男人。我努力挤出尴尬的笑容。

“又给你添麻烦了。”

“真的是你啊！第 17 中队的新兵！”

“是的，对不起。”

我坐在地上向她道歉。瑞秋把手撑在腰上，看了一眼散落一地的马铃薯。美丽的眉头画出弯弯的弧线，看起来略显为难。

“唉，反正都已经这样了。”

“额……”

“马铃薯居然能滚这么远，真是没白长这么圆。”

“真对不起。”

“滚了一地呢。”

“……”

“你也一起帮忙的话，应该很快就可以捡起来吧。”

“啊不……好、好的。”

“到底好还是不好？”

瑞秋得意地挺起胸脯，问道。

正是分秒必争的紧要关头，现在不逃明天就没命了。可不是在这里优哉游哉地捡马铃薯的时候。可是不知道为什么，她有一种让人难以拒绝的气场，来基地后第一次见她时就是这样。所以，我磨磨蹭蹭地坐在地上没有起来，装出一副很痛的样子。

我深吸一口气正准备回答就听到了一阵有节奏的脚步声。

“干吗呢？”

是法瑞尔！

法瑞尔从宿舍拐角出来，一脸不耐烦地看着散落一地的马铃薯。标志性的沙哑嗓音听起来像是地狱里的看门犬。

“不好意思，是我……”

“桐谷！是你小子干的吧？”

“是！”

我立马站起来，顿时感到一阵眩晕。

法瑞尔睁大眼睛盯着我：

“怎、怎么了？”

“受伤了啊，我瞧瞧。”

“没有！我没事！”

法瑞尔走过来，把手贴放在我的头上，正好是发际线的那个位置。

脸皮传来一阵剧痛。粗壮的手指使劲掰开伤口，温吞的液体伴着摇滚乐的节拍涌了出来。黏黏的液体流过鼻子，流过嘴角，在下巴上一滴滴落下。啪嗒啪嗒，一朵朵血红的花在地面绽放。鼻子猛地嗅到一股铁的味道。我听到瑞秋倒吸一口凉气的声音。

“嗯？伤口还挺漂亮的嘛。撞哪儿了？”

“是我弄翻了车子，对不起。”

“是吗？”

“车子是我撞翻的，基本上就是这样。”

“哦……不是什么大不了的伤，放心吧！”

法瑞尔“啪”的一掌拍在我的后脑勺上，血液四处飞溅，衬衣也沾上了血迹。

法瑞尔把我留在原地，走到拐角处，大吼：

“喂！约那巴尔！出来！”

声音之大，简直能把墙上的蝉吓个半死。

“来啦来啦！当兵可真是个清闲的活计。咋了这是？！啊！瑞秋！早上好呀！军曹也早上好。真是个好季节哈，水泥地上好像都长出马铃薯了。”

“别整天没个正经，找几个人过来捡一捡。”

“我吗？”

“这家伙已经这样了，总不能让他去吧？”

“哎哟喂！你这是去参加了职业摔跤的飙血大战啊……也就是说，这是凯奇撞翻的？搞什么嘛，真是的！人家正在享受早上的重要时刻呢。”

“哼！就这么不想帮我的忙吗？”

“哪里的话！为了瑞秋小姐，不管是马铃薯还是南瓜，就算是地雷，我都义不容辞！”

“闭嘴！见笑了，我们小队的家伙净不干正事……”

“伤心了。把整个中队最能干的人抓过来……”

“桐谷！别傻站着，赶紧去急诊室！你不用参加今天的训练了，小队长那边我会向他报告。”

“训练？什么呀？”

“昨晚有蠢货在小卖部干了蠢事。虽然和你们没什么关系，不过上头决定都穿上第四装备，到 0900（洞勾洞洞），第一滨海练兵场集合。”

“不是……我说这玩笑也开得太大了吧？明天可是要出战呢！”

“约那巴尔伍长，重复我的话！”

“穿上第四装备到 0900（洞勾洞洞），第一滨海练兵场集合……可是……军曹，每次不都是格鲁吉亚强攻作战方针吗？为什么偏偏这次这么较真儿？”

“……想知道为什么吗？”

听着背后熟悉的对话，我急匆匆地逃往急诊室。

6

看到我的ID卡后，警卫兵显得一脸狐疑。

此刻我正在花线基地通往外界的大门前面。

由于US特种部队的入驻，基地现在有两套警备系统。统管基地整体事务的日本警卫队，由于力量强弱上的关系，不能出手干涉美军的管辖区域。但是，美军警卫队支队只关心与自己有关的事务。

没有上级颁发的外出许可证，仅凭桐谷·凯奇的ID卡是出不了基地大门的。但是，美军那帮家伙完全不管这个，只要有ID卡就可以外出。有些门是两军共用的，在那里站岗的美军警卫，即使对方手持日本的ID卡也有可能不加检查就给放行。他们的任务是保证没有可疑人士接近他们的宝贝——特种部队，而不是监视企图逃离战场的新兵。

警卫兵目不转睛地盯着陌生的ID卡。

门口的刷卡闸机应该只负责记录进出人员的ID卡。没问题的，不可能在出击前一天突然换系统。我绷紧肚子。警卫兵核对着 ID 卡上模糊的照片和我的脸。

额头上的伤口火辣辣的。急诊室那个庸医！麻醉也不打就给我缝了三针！伤口的疼痛像滚烫的电流在身上乱窜，膝盖骨嘎吱作响。我现在赤手空拳，格外想念枕头下的刀子。要是手上拿着刀，我一个反剪勒颈……别胡思乱想了。区区一名警卫兵，就算打倒他也照样别想出去。挺直背，表情放自然，他盯你，你就盯回去。

警卫兵不耐烦地按下开门按钮。

伴随着吱吱呀呀的声音，通往自由的大门打开了。

穿过黄色栏杆时，我缓缓回头。

眼中出现了第一滨海练兵场。海风带着海的味道穿过练兵场一直吹到门口。围墙另一边，豆粒般大小的士兵们正在反复深蹲。是一起吃饭、一起训练的第 17 中队的战友们。

咽下越发强烈的感伤，吹着湿滑的风，我耐住性子慢慢往前走。不要跑！慢慢走，直到离开警卫兵的视线。马上就到了！转弯，跑！

我拼命地奔跑。

花线基地距离馆山市区一共是 15 千米，就算绕远路也不到 20 千米。到那里再换一身装束、采购必需品。虽然不能乘火车也不能走干线公路，但只要潜入千叶城，我就自由了。在那些已经沦为贫民窟的地下街道里，军队和警察也无能为力。

距离下午 6 点 30 分的小队会议大约还有 8 小时。那时候事情应该就会败露，随后出动汽车或者直升机，必须在傍晚前扎入人群中。

在富士山脚下训练时，我们曾携带整套装备单日行军 60 千米。这么算的话，半天跑过房总半岛也不是不可能。明天开始作战的时候，我应该已经藏身于黑暗之中。那里没有循环，也没有死亡。

浮在虚空的太阳发出耀眼的白光。防护堤的阴影下，每间隔 100 米设置着 57 毫米口径的速射炮。炮身包裹着白色塑料套，似乎有些年头了，基座的钢板上长满了茶红色的铁锈。作为拟态登陆本土之后的应对策略，全国的海岸线都配有这样的防卫设施。

小时候，速射炮在我眼里雄姿英发，我曾毫无根据地把信任感寄托到一尊尊深灰色的钢铁上。但是，有了实战经验后的现在，我冷静地判断：这个武器根本无法阻止拟态入侵。费劲儿地转这么个玩意儿，能打中才怪，笑死人。

据说这玩意儿还有专人保护，每周检查一次。

战争往往都伴随着巨大的浪费。

人类可能会失败——突然有了这样的念头。

我告诉父母想加入联合防疫军时，他们都劝我选沿岸警卫队。因为可以不用上战场，因为保护大家居住的城市也是非常重要的工作。

然而，我抗击拟态的想法并不是为了人类，电影里的英雄已经足够多了。

我完全没有拯救世界之类的伟大情怀，只有愤怒与焦躁，仿佛遇到了无论如何尝试都无法解开的智慧环，淹没在不管怎么找都形状不合的拼图里。我曾期待战争的巨浪能够改变那个没能让她回头多看一眼的窝囊的自己，也许还天真地暗自奢望过：把桐谷·凯奇塑造成完美男人的最后一块拼图会不会就掉落在战场上？即便如此，我也绝没有想过要成为一名英雄，接受大家的祝福。我只想让那些为数不多的朋友知道，我其实也是个有骨气的人，这样就足够了。

结果却是这样……

半年的训练，得到的只有在实战中派不上用场的几个技能和几块腹肌而已。我依旧窝囊，世界依旧一塌糊涂。爸爸、妈妈，对不起。花了这么长时间终于明白了这理所当然的事实。在逃跑的路上才想明白这些也真是够讽刺的……

沙滩上一个人也没有。

这半年里，海边居民的疏散工作似乎进展很大。

连续跑了近一个小时，我终于坐在了防护堤上。大概跑了 8 千米，距离馆山还有一半路程。

灰色的衬衫被汗水浸湿后变成了黑色。纱布开始脱落，耷拉在额头上。和基地里截然不同的凉爽海风抚摩着我裸露的脖子。

如果不是速射炮的剪影给人一种动漫世界混入现实世界的格格不入感，这一带可以算是一派标准的夏日避暑胜地的风光了。

防护堤脚下留有烟花燃放后的残骸，是那种用塑料管组装成的传统烟花。

没有人会专门跑到前线基地附近放烟花玩，这应该是意在向拟态传递花线基地出击情况的电波信徒留下的。有反战派坚信拟态是智慧生物,坚持要与它们进行单向沟通。真是催人泪下的"民主主义"。

受全球气候变暖的影响，这一带的沙滩在涨潮时将全部被淹没在海面下。这些傻不拉几的塑料管，到了傍晚也会悉数流入海里，谁也不会注意到。

我狠狠地一脚踢飞呈半融化状态的塑料管。

"部队的？"

我猛然回头。好久没听到地道的日本话了。恍恍惚惚地，都没注意到背后有人过来。

防护堤上站着两个人。

老人与少女。老人皮肤黝黑光亮，简直像是刚从海底打捞上来似的，左手握着一把童话世界中的三叉戟。少女应该是正在上小学的年纪，紧紧地握着老人的右手。

少女把自己藏在老人身后，仅仅探出个头来，草帽下的眼睛一动不动地盯着我。帽子下苍白的脸仿佛从未受到过紫外线的照射。

“没在这块儿见过你噢。”

“我是花线基地里面的……”

怎么就是管不住自己的嘴！

“哦……”

“大、大爷，你们怎么会在这里？”

“不到海里打不着鱼噢。不过家里人都到东京去喽。”

“沿岸警卫队不来吗？”

“听说冲绳那边打输了，都不见喽。不过，还好有你们收拾海蛤蟆，我们放心着嘞。”

“啊……”

海蛤蟆，也就是海里的蟾蜍，应该就是指拟态。一般人是没有机会见到拟态的。冲上沙滩或渔夫打捞上来的尸骸都是传导流沙已经被海水冲洗干净后的空壳，里面什么也没有。所以很多人以为拟态是一种会蜕皮的特殊的青蛙。

老人的话我虽然只能听懂七成，但还是听懂了他说沿岸警备队已经从这一带撤走。看来冲绳登陆战战败所造成的影响远远超出了我的预想，甚至连内防[1]的战力都撤走了。沿岸警卫队也被调集到大城市和工业地带周边进行了重组。

老人郑重其事地点了点头。少女张着大大的眼睛难以置信地

1 内防：地名，位于房总半岛。

抬头看着老人。

老人似乎对花线基地的联合防疫军部队寄予了很大的期待。我虽然不是为了他而战斗，也不是为了他受训，心里却总觉得过意不去。

“小哥，有烟不？警备队的人走了之后，哪里都搞不到烟了。”

“不好意思，我不抽烟。”

“真没辙。”

老人望着海面。

装甲化步兵部队几乎没有尼古丁瘾君子，最需要抽烟的地方是战场，可我们在战场上根本没那工夫。

我沉默地站着，没有说话，也没有多余的表情。不能让他注意到我是逃兵，临阵出逃者将被判处枪毙。好不容易逃离拟态的魔掌，如果最后被军队处死，那就毫无意义了。

少女拉了拉老人的手。

“啊……这娃娃虽然身体不好，不过眼力很不错。要是个男娃娃，一定会是一个好渔夫。”

“啊……”

“话说，有个事要问你，娃娃说看到了奇怪的东西，急急忙忙就跑出来，结果就看到了你。那是什么呢？和海蛤蟆有啥关系吗？”

老人抬起手，枯树枝般干瘦的手指指向海面。

我转过头，睁大眼睛。近海的海水已经变为一片绿色。不是南国海域那种清澈的绿，而是带着乳白色的绿。就像满载着抹茶奶昔的巨型油轮搁浅，奶昔一齐倒入海里之后的颜色。海浪上闪闪发光的是鱼的尸体。

我知道这是怎么回事，训练基地的显示屏上曾经出现过。

拟态会吞食土壤，像蚯蚓那样。与蚯蚓不同的是，经过拟态消化后排泄出来的土壤会变成有害于其他生物的物质。生态系统遭到拟态活动破坏之后，土地会化作一片荒漠，海洋则会变成混沌的绿色。

“赤潮也不是这个颜色吧。”

咻！一声尖锐的声响。令人头皮发麻的战场的声音。

皱起眉头的老人，头部呈抛物线飞了出去。粉碎的下巴与脖子化作一摊飞溅的鲜血将草帽染得通红。少女还没意识到发生了什么。尖矛弹的初速度是 1200 米 / 秒，在听到声音之前，老人已经身首异处了。她慢慢抬起头。

第二弹飞来，黝黑的瞳孔还没看到祖父死后的样子，尖矛弹就穿透了少女的身体，毫无慈悲可言。

小小的身体分崩离析。

在气浪的冲击下，失去头部的老人，身体前后摇晃着。老人的上半身染成了一片血红，草帽在半空旋转、飞舞。我浑身麻木，无法动弹。

岸边站着鼓鼓囊囊的癞蛤蟆的溺死体。

这条海岸线位于绝对防线内侧，最近也没有收到巡逻艇被击沉的报告，前线基地也完好无损。这里完全不应该有拟态出现，可是却有两个平民被杀了。对装甲化步兵部队寄予厚望的老渔夫以及他的孙女，惨死在临阵脱逃的装甲兵面前。

我赤手空拳，刀、枪、机甲，都在遥远的花线基地基地。可以依靠的战友也在一个小时前被我抛弃。

最近的 57 毫米速射炮离我 30 米，跑步马上能到，操作方法也不成问题。可恨的是白色防水罩，根本来不及拆开。不管了，我得先把 ID 卡插入基座上的插孔，然后输入密码，再大费周章地把 30 公斤重的装弹仓抬起、装弹，瞄准前还得把固定杆拔出不然无法活动炮塔，最后爬上操作位拼命转动已经生锈的转盘，管不了那么多了！动起来！

我深知拟态有多可怕——重量是全副武装的机甲兵的几倍，结构上与棘皮生物相近，“皮肤”下面是坚硬的骨骼，必须用 50 毫米以上口径的装甲弹才能完全击穿那家伙，但我手无寸铁。那家伙将毫不留情地把我们碾碎，就像压路机碾压生活在地面的虫。

“……开什么玩笑！”

第一发打桩弹击穿了我的大腿。我转身。

第二发打中了我的后背，后背开了一个大孔。

第三发记不清了。内脏挤上喉咙，我只顾着拼命下咽，根本无力顾及。

意识消散了。

7

枕边放着读到一半的平装书。

上铺的约那巴尔正在清点一沓字据。

“凯奇，这个，签字。”

“前辈，你是不是有把手枪？”

“对啊。”

“可以给我看看吗？”

“什么时候喜欢上枪了？”

“就随便看看……”

从上铺伸出的手缩了回去，拿出一把闪着黑光的手枪。

“上着子弹呢，别对着我哈。”

“嗯，好的。”

“等你小子也当上伍长，再往床上带小玩具就不会挨妈妈骂了，反正这玩意儿对拟态一点用也没有。机甲兵带上战场的只有20毫米的重机枪，每人3发火箭弹，小零食里没有香蕉。不说了，快签名！”

“……”

我看着枪口，里面是一触即发的9毫米子弹，把冰冷的枪口含入口中。

扣下扳机。

8

枕边放着读到一半的平装书。

我叹了一口气。

“凯奇，这个，签字。”

约那巴尔从上铺探出头来。

“遵命。”

“一脸紧张兮兮的鬼样子，现在就开始紧张，那可熬不到开战。”

“我不是紧张。”

“别太紧张了，谁都有第一次。这玩意儿和女人一样，没干过的时候脑子里全是那档子事儿，头都大了。心里头想着人，手上握着‘枪’的时候最美，就是这么个道理。”

“这可不像是你说的。”

“你小子，过来人说的！”

“如果……只是说如果，第一次一直持续下去的话该怎么办？”

“什么鬼？”

“也就是说，如果，像双陆棋一样，本以为第一次已经结束了，结果一不留神又回到了起点。”

“这个嘛……”

约那巴尔倒悬着头，疑惑不解。

“你是说做爱还是打仗？”

“当然是打仗！”

“让我再打一场冲绳登陆战我可不干，不如把我枪毙了。”

就算被枪毙也会再一次回到起点呢？该怎么办？

人类是学会了自己擦屁股的生物，最终的决定要自己做。现状也只不过是影响决定的一个要素罢了。

当然，不是所有人都有的选。有的人一开始就拿了一手好牌，有的人则一手烂牌。有时候甚至会突然被告知此路不通，但在此之前，总免不了要一步一个脚印地独自前行。就算是在断头台上，有的人选择从容赴死，有的人则选择大闹一场，然后不情不愿地迎接最后的结局。

可我却无法逃离战场。就算馆山前头有一片大瀑布，世界到此戛然而止，我也发现不了。我只能每天往返于前线基地与战场之间，像地上的爬虫一样惨遭虐杀。一阵风吹过，我复活过来，随即再次死去。下一个循环，一切又将从头开始，我什么也不能带走，唯有孤独、无人言说的恐惧以及指尖扣动扳机的感觉一直阴魂不散……

看来，这个浑蛋的世界似乎有一套浑蛋的规则。

行吧。

我拿起枕边的油性记号笔，在左手手掌写下一个“5”。

这个小小的数字便是我战斗的开始。

去吧！把这个世界最珍贵的东西带给明天。穿过枪林弹雨，给拟态致命一击。如果说丽塔·沃拉塔斯基是战技超群的天才，那就让这无限的时间助我达到她的高度吧。

如果这是我唯一能做的。

如果这能给一成不变的日子带去些许改变。

如果这是对这浑蛋的世界的，唯一的反抗。

第二章
法瑞尔军曹

1

总之，女武神丽塔·沃拉塔斯基是极品“好猫”，只会在战场来回瞎跑的新兵不过是只能用来做三味线的野猫。少将大人对丽塔的一根毫毛都紧张得要命，对老子的死活却视若无睹。

基础训练整整持续了三小时。

当然，平板支撑也一样。

我一直想着接下来的计划，完全不管周围发生了什么。US特种部队那帮家伙在半个小时后，终于把热闹看够，回宿舍去了。我没有盯着丽塔看个不停，所以她也没有申请加入，训练一直持续到了最后。

这或许可以说明“我能够影响未来”？如果我盯着看的话她便会申请加入，训练则会在一小时后结束，随随便便突然开始的训练也将随随便便地突然结束。

如果这个推测正确，一切似乎并非毫无希望。明天那令人绝望的战场也可能存有一线生机。只要我能获得过硬的战技，撬开微微张开的希望之门，就算那只有 0.1% 甚至 0.01% 的希望。闯过所有生死关头的话，桐谷·凯奇也许能第一次看到后天的世界！

下一次训练还是盯着丽塔看吧！

被无冤无仇的人死盯着肯定不是什么好滋味，不过只能这样了。肌肉训练不能给下一次循环带来任何效果，与其在这里浪费时间，不如多把战斗程序植入骨髓。

顶着烈日，结束训练的士兵们骂骂咧咧地向宿舍走去。

我走向正在重新系紧鞋带的军曹。经过考虑，战斗程序的事情还是找法瑞尔最合适。不仅因为他是小队里活的时间最长的人，还因为我听说他曾在训练基地担任过教官。

法瑞尔的平头上冒着热气。刚结束长达三个小时的连续训练，但他依旧面不改色，我怀疑他甚至可以马上再参加个铁人三项并轻轻松松拿个冠军回来。

他粗壮的脖子下有一块伤疤。据说在机甲正式投入使用前，为了加快神经反应，士兵身上曾植入过芯片。这种低效的方法现在已经被淘汰了。法瑞尔的伤疤，同时是他在过去长达20年的时间里，在战场一路摸爬滚打过来的勋章。

“起泡了？”

法瑞尔边系鞋带边说。巴西裔特有的卷舌口音。

“……没。”

“害怕了？”

“还好。说不怕那肯定是假的，不过就算逃跑，最后结果也还是一样……”

“作为一名刚从训练基地出来的菜鸟，还不错。”

“军曹，你接下来是要继续训练吗？”

“嗯，对。”

“可以带我一起吗？”

“你是在开玩笑吗？”

“我不会开这种玩笑。”

法瑞尔一丝不苟地系着鞋带。

“我没什么要说的了，滚吧。”

“为什么……军曹为什么不这么做呢？”

法瑞尔抬头看着我，古铜色皮肤包围着的滚圆的眼睛犹如20毫米的穿甲弹射穿我的心脏。火辣辣的太阳炙烤着皮肤。

他唰唰地挠了挠头上的短发，拍拍地面：“坐会儿吧。”

我坐下来。海风从两个男人之间吹过。

“那是在石垣[1]的时候。”

法瑞尔说。

“转眼已经过去10年了啊。当时的机甲实在是烂，喏，就这个地方，老是受到装甲板的摩擦，把皮整块都磨破了。训练的时候磨，好不容易结痂了，一上战场又磨开了。痛得不行，有的家伙在匍匐前进的时候就背过身用腿撑起来走。虽然出于安全上头严令禁止，可实在太痛了，没办法。那简直就是敌人的活靶子。咻……嘣！很多人就这么死了。”

法瑞尔来自全境半数以上已被拟态占领的南美大陆，身上流着日裔巴西人的血。

我们在战斗中穿的机甲，制作极为精密。日本的工业品比农产品还便宜，所以还好。但其他很多国家的士兵只能戴着防毒面具和老式火箭筒与拟态拼命。炮火与空中支援当然也没有。就算没死在敌人手里，肺部受到纳米武器损伤的士兵在战斗结束后也会慢慢死掉。就这样，人类生活的土地一点一点地化作死亡的沙漠。

法瑞尔一家抛弃已经寸草不生的故乡，来到这个被科技大楼保护着的东方岛国求生。按照规定，家里如果有人是联合防疫军战士，则可以优先获得移民权。法瑞尔因此加入了日本联合防疫军。战斗在最前线的装甲化步兵部队里，有不少都是他这样的移

1 指位于日本冲绳县西南部的石垣岛。

民士兵。

“桐谷，你知道‘刀感’这个词吗？”

“嗯？”

“用刀斩杀敌人后记住斩杀时的感觉，是一个关于武士的词。”

“对不起，没听过。”

“塚原卜传、伊藤一刀斋、宫本武藏……都是这个国家500多年前的武士。”

“武藏倒是在漫画里看到过。”

“现在的年轻人连卜传也不知道了吗？”

法瑞尔轻轻叹了口气。没想到身为巴西人的他居然比我们还了解日本的历史。

“武士以战斗为生，和我们一样都是战争贩子。你觉得我刚刚说的那几个一辈子杀了多少人？”

“额……过了500年还这么有名，应该不止10个或20个这么简单吧。”

“完全不是一个等级。虽然没有正式记录，不过每人都杀了300到500个。而且不是用枪和炮，是用原始的近战武器进行砍杀。这战果是不是完全配得上一个勋章了？喂！”

“他们是怎么……”

“一周解决一个，10年就是500个。就这样一步步变强，最终成了剑豪。”

“不是很明白，像 RPG 游戏那样，每杀一个人就会变强吗？要变强不是得靠训练……”

“敌人不是稻草人，是活生生的人。和自己一样身上都带着刀，也一样都想活下去。而你要做的，是把对方的脑袋砍下来。出其不意、张机设阱，有时候还得脚底抹油溜之大吉。”

“噢。”

“什么样的事情是危险的，怎样才能安全地取人性命，这些只有在实战中才能学到。整天只会在道场里装模作样怎么赢得了真正的剑客？人家的剑术可是事关生死。就这么一个个积累，竟有了 500 个刀下魂。在日本历史上留下名字的剑客，哪个不是一刀一刀砍出来的？”

“那就是所谓的刀感……吗？”

“没错。”

“那我们为什么要训练？”

“你问到点子上了。你小子作为士兵，脑子会不会太好了？”

“你就别逗我了！”

“对付拟态，最好应该用飞机和坦克。可是飞机造价高昂，训练飞行员也要花不少钱。日本地形复杂，多山川河流，战车又派不上什么用场。相比之下，给人穿上机甲，密密麻麻地送上前线效率要高多了。”

“噢。”

"训练基地教的是最基本的防身技术，告诉你们这些左右不分的菜鸟一些基本规则，不至于在战场'闯红灯'。过马路，左右瞅，大炮来了要低头什么的。在这些规则的指导下，走运的能捡回来一条命,不走运的还是免不了一死。那些幸存下来的家伙，就能在实战中多少学到点东西，逐渐成为一名像样的士兵。"

法瑞尔不再说话。

"话说你小子，笑个屁啊？"

"欸？！"

"看看你什么表情！很好笑吗？！是不是临上战场，脑子里的螺丝蹦出来了？"

终于注意到。

我脸上竟带着微微的笑容。

第一次，被丽塔救的那次，我内脏被烤成了黑炭，狼狈不堪，在绝望和恐怖的支配下涕泪横流。那时的桐谷·凯奇是个"不走运"的家伙。

第二次也一样。

第三次虽然开战前逃了出来，但仍旧不走运。

我一次也没活下来过。

虽然一头雾水，可是……

世界给了我机会，好像有声音告诉我：珍惜战斗的机会，不要寄希望于运气，要靠实力活下去！

只要不打临阵脱逃的主意，每两天分别有一次训练和实战的机会。如果说战场比训练场效果更好，那再好不过。我可以无数次感受斩杀时的感觉，500 年前的剑豪们花了 10 年才获得的实战经验，我一天就可以得到。

法瑞尔站了起来，打断我的思考，用他那厚厚的手掌拍了拍屁股。

“总之，现在紧张也没用。话听明白了就赶紧走。”

“我也觉得没用，可是……”

法瑞尔瞪着我。我开始滔滔不绝：

“如果明天我能走运活下来，我将进入下一场战斗，再活下来的话就再下一场。为了将实战中学到的技术融会贯通，在实战中间再插入模拟训练的话……每一次战斗都能学到一个新的生存技能的话，活下来的概率就会大大提高，对吗？”

“额……也许吧。”

“所以从现在开始养成训练的习惯也没什么不好的吧？”

“你这菜鸟嘴真硬。”

“对不起。”

“说实话，我之前觉得你小子可不是这样，可能我的感觉也变迟钝了吧。”

“不是这样？什么？”

“部队里有三类人。不在生死关头就感觉不到自己活着的嗜战成瘾的家伙，不参军就没有饭吃的家伙，以及脚下一滑一不小心掉进来的家伙。”

“我是最后一种吧。”

“嗯，我之前这么觉得。”

“军曹，你是哪种？”

法瑞尔耸耸肩。

“15 分钟后，穿好第一装备，这里见。”

“啊，好……完全武装吗？”

“机甲兵不带着装备怎么训练，你这呆子！没有实弹，放心吧。赶紧去换装备！”

“遵命！”

我用力敬礼。

人类的身体着实不可思议，使劲的时候会同时发出“用力”的指令和“不要用力”的指令。为了不会用力过猛导致身体受损，人类的驱动系统会自动控制力量的大小。没有类似能力的机器，比如汽车等，就算撞到墙上，只要不松油门也会一直往前开，直到前保险杠变形，引擎受损。

在格斗中，需要将肉体的力量发挥到极限，于是会进行一边用力挥拳一边大声吼叫的训练。也就是通过“大声喊”的指令来掩盖“不要用力”的指令。通过这种反复训练，可以对力量的受限程度进行一定的控制。换句话说就是，获得破坏自己身体的力量。

和人体一样，士兵全身穿戴的机甲也有自动控制力量、保持用力均衡的功能。高达370公斤的握力，一不小心就会捏碎枪的握把、打碎战友的骨头。为了防止类似的事故发生，机甲会自动控制力量或者保持用力均衡以取消惯性。这些功能统称为自动均衡器。

自动均衡器会将穿戴者的动作延迟一个瞬间，这一指令由计算速度远超人类的机器做出。持续时间非常短，一般人根本注意不到。

可在战场上，短短的一瞬间往往会成为生与死的分水岭。

这概率很小，每三场万人规模的战斗中，可能会有一名不走运的家伙碰上这样的情况。即便如此，万一自己就是那名遭到幸运女神抛弃的家伙呢？拟态近在眼前，再怎么骂自动均衡器也无济于事了。所以，一旦开战，老兵法瑞尔就会关掉自动均衡器。

训练基地哪学过这些？我得穿着关掉均衡器后的机甲从走路开始练习。

他说:得形成肌肉记忆，让身体不受意识驱动也能自主行动。

经过七个循环，我跑起来终于不歪歪扭扭了。

2

通往 US 特种部队管辖区域的路上站着两名哨兵。

两个大块头的手臂足足有我的大腿粗，上面挂着装备了高射速子弹的来复枪，仗着一身的肌肉铠甲，无声地威吓来者。他们接受的训练让他们只接受直属长官的命令，不管天上下雨还是下炸弹都绝不离开哨位半步。

若对他们不过多理睬直接走向两军共用大门，便可以重复第二次循环中的出逃路线。出逃并不难。现在的我，穿过拟态的袭击到达千叶城也不是不可能。

可是，今天的这个我有其他的目的。

时间是 1029（幺洞两勾）。在四只眼睛的死角位置停下。我的步幅是 80 厘米。距离到达哨位旁边有 15 步。

海鸥从上空飞过，远处的海潮声夹杂着基地的噪声传入耳中，影子在脚下缩成一团。

没有行人。

哨兵一动不动。

载着美军尉级军官的燃油车开过。

哨兵敬礼。

就是现在！

三、二、一……

车子开到三岔路口。

拿着拖把的清洁工阿姨冲了出来。

急刹。熄火。哨兵的注意力被吸引过去。

我和哨兵擦肩而过。

肌肉块散发的热量扑面而来。以他的肌肉力量，足以一手插入我的肛门，把我的脊椎骨一把拽出来。突然有那么一瞬，我涌起一股与之对抗的冲动。

这个东洋菜鸟看上去不堪一击，真要打起来可是有两下子呢。要不干脆试试？看看与机甲磨合到最佳程度的战技在与人类的搏斗中是否奏效？作为一名士兵，自己到底有了多大能耐？找眼前这位大汉测一测不也挺有意思嘛。

右侧的哨兵转过头去。

我克制住冲动，保持匀速移动。

我对他们的行动了如指掌。他将向左转动身体，届时我已经隐匿于另一位大块头的身体所形成的死角中。当他们环顾四周后再看到我时，桐谷·凯奇这一物体已经极为自然地融入了基地中。

“喂，刚刚好像……”

“闭嘴！大尉看着呢！脸色好像很不好。”

“……”

我成功侵入美军辖区。

我的目的是美特种部队的机甲。经过反复试验，我得到一个结论：日军所配备的武器不能满足要求。

20毫米口径的机枪并不是对付拟态的有效武器。它之所以被纳入标准装备中，是综合考虑单兵能携带的子弹重量、射速以及后坐力后所做出的妥协。虽然说这个枪的威力比以前增加了不少，但是要想贯穿拟态的棘皮，还是得用50毫米口径的。

联合防疫军的基本战术是，呈扇形埋伏的装甲化步兵不惜一切地开火，以拖住敌人，然后用大炮和坦克炮等一举歼灭。但是实际上，步兵部队基本不会得到坦克部队的支援。我们必须自己上阵，亲手给拟态送上最后一击。

老兵们最后的撒手锏是随时配在左肩的打桩枪。打桩枪枪头粗壮，可以扎扎实实地在拟态腹部开个大洞。虽然火箭筒也有一定作用，可是经常出现射偏以及关键时刻弹药用尽的情况。慢慢习惯战场氛围的我，也逐渐开始依赖直径57毫米打桩枪的威力了。

遗憾的是，这一武器有一个缺陷。

打桩枪的弹夹装弹数是20发，而且和机关枪不同，无法更换弹夹，雷打不动20发，再怎么节约也是20发。一个士兵最多只能发射20次。弹药用尽的打桩枪就是一堆毫无用处的废铁，即使对着半死不活的吸血鬼，在它胸前来上一枪也丝毫不起作用。设计机甲的家伙们从来没考虑过居然有人在单次行动中和拟态肉搏20次还能活着回来。

混账！

因为弹药不够的问题，我死了不知道多少次。一点儿办法也没有。为了避免这无聊的结局，我需要可以使用无数次的近战武器。

那个武器我只见过一次。

在第一次的战场上——

穿着深红机甲的女武神丽塔·沃拉塔斯基挥舞着巨大的战斧，准确地说应该是斧头形状的碳化钨块。战斧不会遇到弹药用尽的窘境，即使稍稍扭曲变形也不是不可以用，威力也够大，是完美的近战武器。

但是桐谷·凯奇表面上还是个从未参加过实战的新兵。

我提出机甲标配的打桩枪不适用，要求更换武器，可谁也不理我。约那巴尔捧腹大笑，法瑞尔一拳把我打飞了，小队长则选择了无视，就好像从来没收到过我的诉求。我必须靠自己的力量拿到合适的武器才能在战场上活下去。

我向着 US 特种部队的机甲装备部走去。

潜入美军辖区 5 分钟后，我来到一位正在操弄活动扳手的装备兵身边。

在这里，机油的味道盖过了大海的海潮味，响遍整个基地的男人们的喧嚣声也完全听不见了。用来对付人类之敌的钢铁武器正在兵营深处的黑暗中短暂沉睡。

手握活动扳手的女人叫莎斯特·蕾尔，是一名从民营企业派遣过来的技术人员。待遇是与中队长同级的中尉待遇，比我高多了。根据偷看到的资料，她身高 152 厘米，体重 37 公斤，左右眼视力均为 0.06，喜欢百香果蛋糕。有美国土著血统，一头黑发扎成一条辫子垂在脑后。

如果说丽塔是山猫，她就是一只注定成为猎物的兔子。比起在前线基地与机油打交道，她看起来更适合待在安全舒适的房间里一边看美式喜剧，一边大口嚼食德国碱水面包。

我尽量小声地问候：

“你好。”

“啊……！”

吓到她了。

她高度近视的眼镜掉在水泥地板上。

手忙脚乱。

……看样子是找不着了。找眼镜的话，把手里的扳手放下，两只手一起找多好，她却一只手在地板上瞎摸。莎斯特以跳级生的身份被麻省理工学院破格录取，以一流成绩毕业后经由研究室加入防御产业，参与过最新型机甲的开发，为了能接触闪着金属红光的特别机甲而加入了联合防疫军，是个顶级的技术精英。不过她现在哪像个精英，每周日傍晚播出的长寿节目中的冒失鬼大姐看起来都比她聪明。

我捡起眼镜，镜片足有两个放大镜叠起来那么厚。

“你的眼镜掉了。”

“虽然不知道你是谁，不过还是谢谢你。”

“不客气。”

两只乌黑的瞳孔看着我。

“额……你是？”

“桐谷·凯奇。”

“谢谢你，我是莎斯特·蕾尔。”

我故意没透露自己的军阶和所属部队，莎斯特乖巧地点头致意。

“……话说，虽然这里看上去像是个无聊的仓库——实际上也确实是——但这里仍旧是个涉及军事秘密的地方，所以没有许可证是不可以随便进入的哦。”

“我知道。”

“啊，是吗？那就好。”

“我找你有事。”

“我、我？！非常抱歉，不过，我觉得我不能接受你的拜托，非常感谢你愿意过来找我，不过，不是说我讨厌你哈……你看我这手上的活儿也没干完……”

“可现在还只是上午。”

“预计要干到晚上的！”

“不是，你听我说。”

“虽然我刚刚看起来像是把同一个零件装了卸，卸了装，呃，实际上也确实是这样，不过我真的很忙！真的！”

莎斯特极力分辩道，辫子在空中左右摆动。

她好像有什么误会，再这么下去就没完没了了，我强行抢过话题的主动权：

“听说那件机甲的外部记忆装置出了问题？”

“对、不对！你怎么知道？！”

“外部记忆装置实战中几乎不会用到，控制用的特制芯片却被列入了军事机密，从部队仓库拿一块芯片出来得写各种申请资料，啊……烦死了，都说了不想干了，但那个秃子还老是过来撩我，头都大了，不如索性从日方机甲里偷一块出来吧……”

“不过，我可没打过这样的主意！”

“真的吗？”

“真的！可、可能稍微打了那么一点点，可我什么也没做……话说你怎么知道这么多？”

我脸上露出一丝笑意，从口袋里掏出用塑料袋密封好的硅质芯片。

“可是，我为什么会有这么一块芯片呢？”

“给、给我！”

“嗯……到底给还是不给呢……”

我把芯片拿在手里，高高举起。莎斯特努力跳起想要夺取芯片，可是身高 152 厘米的她再怎么努力也够不着我的手。她身上的机油味熏得我鼻腔痒痒的。

“别逗我了嘛。”

她又努力跳了两次。

“真是费了好大功夫才拿到手呢。”

“求求你了，给我嘛。”

又跳一次。

“给你也可以，有个条件。”

“什么条件啊？”

咕嘟。

她把粗野的活动扳手紧紧地抱在胸前，工装服下面的两个小山被压得变了形状。长年被特种部队那帮家伙戏弄，她似乎已经有了很高的警惕。不过她这可爱的反应，任谁看了都不禁想戏弄一番。

我伸出拿着芯片的手指了指里头的笼子，里面锁着巨大的战斧。她好像没有马上明白我指的是什么，睁大眼睛一头雾水地看着我。

“我要借那个。”

“如果不是我的视力又变差了，那个是丽塔的战斧吧……”

“没错。”

“难道你也是装甲化步兵部队的人吗？”

“是 JP 部队的。”

“嗯……真是抱歉，啊……这么说确实挺伤人的，不过你还是别效仿丽塔吧，会受伤的。”

“不借是吗？”

“你真需要的话也可以借给你。那不过是一块金属疙瘩罢了，库存多的是。最开始那会儿，丽塔找到我的时候，还是从报废的轰炸机主翼上削下来的呢。”

“那为什么不行？”

“……你会死的。”

“就算不用，该死的时候还是会死。”

“你一定要吗？”

“嗯，一定要。”

莎斯特沉默了。她捏紧扳手，就像手捏一块抹布。头部微微下倾，眼睛一动不动。杂乱的刘海被汗水与机油浸湿，黏在额头上。

她开口道：

“在北非的时候，当地精英部队里的一个精英提了和你一样的要求。当时我也劝了，但是碍于对方部队的面子，还有其他各种各样的原因最后没能拒绝。”

“死了吗？”

“救回来一条命，但是再也当不了兵了。我现在还很后悔。”

“不怪你。”

“他不是在和拟态的战斗中受伤的。你知道惯性吗？”

“高中我还是读过的。”

“那把战斧重达200公斤，机甲的握力是370公斤，可以握住战斧。不过，即使你们的肌肉力量得到了机甲的强化，但战斧的惯性力还是很大。他挥动战斧的时候脊柱受伤了。机甲挥动200公斤的重物时，甚至可以把穿戴者的身体拧成两截。”

她的话我完全理解，我所需要的正是那股惯性。只有武器足够重才能把包着厚厚一层棘皮的拟态一分为二。我需要那样的武器，不管它有多难用。

“丽塔不是一般人。”

“我知道。”

“她真的很不一般。她完全不用自动均衡器，不是说战斗时关掉开关，而是压根儿就没有装。在我们部队也只有她一个人这样做。就算在集合了US联合防疫军精锐的特种部队里，她也是出类拔萃的。”

“均衡器的话，我也早就不用了。对哦，可以拆掉，这个办法不错。”

“你觉得自己也不是一般人？”

“没有，我再努力也比不上丽塔·沃拉塔斯基。”

“第一次见丽塔时她说的话，我现在还记得，她竟然说生在战争年代是自己的幸运。这样的话，你说得出来吗？”

莎斯特透过厚厚的镜片盯着我，一脸严肃。我沉默地看着她乌黑滚圆的瞳孔。

“啊……不、不过，不是说丽塔是个可怕的人哦。真的，真的不是的！”

“嗯，我知道。虽然很容易引起误会，不过丽塔·沃拉塔斯基不是个冷血的人。”

莎斯特好像松了口气。

“你、你为什么非得要战斧？”

“也不是非得要战斧，只是觉得它比打桩枪更有用，长枪啊短剑啊也都可以。为了在战场上活下去，必须想办法把现在这个只能使用20次的近战武器换掉。”

“你……”

莎斯特没有继续说下去。手上依然握着扳手，只是力道松了一些。

“怎么了？”

“你真是个不可思议的人。”

“是吗？”

“我开始做第一把战斧的时候，丽塔好像也这么说过。”

“那可真是光荣。”

“我先提醒你，这个武器真的很难用哦。”

“我有大把的时间可以练习。”

“我之前以为机甲部队里只有两种人，一种是对丽塔一无所知，误以为自己可以比得上丽塔的人；另一种是见识到丽塔的实力后，彻底放弃努力的人。明明知道自己和丽塔有巨大的差距，还打算往上赶的人还是第一次遇到。”

对实战了解得越多，就越能感受到丽塔·沃拉塔斯基的厉害之处。

把她卷入那场训练的第一次循环，之所以敢肆无忌惮地盯着她看，是因为那时的我还是个不知天高地厚的菜鸟。经过多次循环终于成为一名合格的士兵之后，我现在却感觉和她的差距更远了。如果不是有无限的时间，我早就放弃了。

谢啦！莎斯特高高跃起，从我手中一把抢走芯片。

“你稍微等一下，我换完芯片就给你开个证明，你拿走吧。”

“谢谢。”

“嗯……可以问个问题吗？”

“当然。”

“你左手上的那个‘47’，有什么含义吗？”

我一时不知道该怎么回答。

我想不起来在基地生活的机甲兵，会出于什么理由在左手手背写上数字。

“啊，嗯……我是不是问了什么不该问的？”

“不是有人会在日历上画 × 吗？和那个差不多。”

“特意写在手上，肯定是个很重要的日子吧？还有 47 天就可以回去了？或者，女朋友的生日？”

“嗯……相当于是忌日吧。”

莎斯特沉默了。

我拿到了战斧。

3

06:00　起床

06:03　不和约那巴尔废话

06:10　从仓库顺走特质芯片

06:30　早饭

07:30　基本身体动作的反复练习

09:00　一边做基础训练，一边进行表象训练

10:30　找莎斯特借战斧

11:30　午饭

13:00　结合前一天的实战情况进行训练（机甲）

15:00　和法瑞尔一起实战训练（机甲）

17:45　晚饭

18:30　小队会议

19:00　参加约那巴尔他们的狂欢

20:00　检查机甲状态

22:00　就寝

翌日 01:12　把约那巴尔送上床

我的“第一天”基本就是这样。

除了训练，其他都是日常，每天都做的话很快就习惯了，我现在打着哈欠都能从哨兵身边混过去。我担心自己会不会还没成为一名专业战士，先成了一名绝世大盗。不过，就算偷到手，两天后一切又会重置，在这个世界，这样的技能一点用也没有。

日常生活中发生的事件在每一次循环中都大同小异。我若做出特别的行动则会发生不同以往的事件，什么也不做则一切按部就班。犹如禁止即兴演出的舞台剧，世界一如往常不停地表演着出击前一天的剧情。

11:36，我在第二食堂。

食堂阿姨在完全相同的时间把与以往完全等量的洋葱汤盛到了以往的那个盘子。我抬起手，轻松避开总是带着相同轨迹洒出的汤水，穿过嘈杂的男人们，坐在以往的那个位置上。

前面第三列的椅子上坐着丽塔·沃拉塔斯基，她背对着我吃饭。不是说因为她，我才在这个时间过来，只是不知不觉间就变成这样了。每天这个时间都能从斜后方看见她的背影，自然而然地，这成了我的日常。

本来，第二食堂并不是丽塔这样的准士官来的地方。饭菜自然可口，但是并不足以满足这个独自一人在士官专用空中酒廊起居生活的任性女王。听说美军部队还带了专门的厨师过来，这样一来，她的出现就显得更加神秘了。并且，她浑身散发着一种让人难以接近的气场，简直像是一条刚完成一场猎杀的大蛇。

因此，战场的女神虽然一个人进食，但谁也不上前搭话。她的身边总是空荡荡的。

丽塔·沃拉塔斯基吃起饭来像个孩子，总是时不时地伸出舌头舔舐嘴角的汤汁，或手持筷子在餐碟上作画。

11:43，还不能熟练使用筷子的她总也夹不起豆子。豆子滑了出来，先是滚落在餐碟上，随后又滚落到桌面上，然后继续往右滚，眼看要掉到地上了。说时迟，那时快，一只左手迅疾伸出，抓住落在半空的豆子旋即送入口中，其间不超过 0.2 秒。若生在西部拓荒时代，她可能比比利小子的出枪速度还快，若生长在武士的时代则可能已经习得了佐佐木小次郎的燕返绝技。就算在进食，战场的女武神，其本质仍旧是战场的女武神。

她今天也准备吃酸梅干。可能误以为是配的水果还是什么的吧，只见她用筷子戳了两三下之后，把整个酸梅干放入口中。

咬开。

啊！大事不好！

丽塔蜷曲着身体，犹如被57毫米的速射炮击中腹部。她背部微微抽动，红褐色的头发简直要一根根立起来。但是，即使酸成这样，她也没有吐出来，毅力实在惊人。

吞了下去。当然，连着籽。

她狠命喝水，简直像是遇到了杀父仇人。

丽塔·沃拉塔斯基应该至少22岁了，举止上却显得要更小。因为穿着灰色军服所以看不出来，如果换上女孩子们穿着上街的那种休闲装，应该还挺好看的吧，我想。

面对这顿饭，真的一点胃口也没有。

完全没有味道。

“哟，挺开心的嘛。”

头顶传来一个声音。

我一手拿着筷子，头也不抬地移动视线：海拔约2米处出现一张带着平头的丑脸。比起人类，他更像是恐龙的后，他的祖先一定是迅猛龙，就这么定了！

看到他肩上的文身，我一点兴趣也提不起来——一只戴着王冠的狼。装甲化步兵第四中队。因为橄榄球赛上结下的梁子，我所属的中队和他们水火不容。

我机械性地拿着筷子把食物往嘴里送。

弯曲的眉毛夸张地挑起，极具挑衅意味。

“你是不是挺开心？”

“托您的福，每天都挺开心的。”

“挺开心？挺开心你还愁眉苦脸的？”

偌大的第二食堂，餐桌旁坐着稀稀拉拉的人。厨房飘来饭菜可口的味道，荧光灯发出的光线照耀着经久耐用的餐盘上的炸大虾。

要说好吃还是不好吃，联合防疫军的饭菜算是好吃的那一类。除了“吃饭、睡觉、打仗”，其他也无事可干，只要饭菜不可口，士兵的士气就将一落千丈。约那巴尔说过，花线基地的饭菜尤其好吃。

最开始的时候，我觉得这里的午饭好像特别好吃。不过，主观时间来讲，那已经是5个月之前了，记忆不是很清晰。开始循环一个月左右的时候，我每次吃饭都加入大量的调味料。完全不搭的调味料让食物变得极其难吃，但好歹能让我感受到那是食物。

不过，那也是过去的事情了。

每天都吃同样的食物，连续吃80天，就算是米其林三星大厨做的，也会吃不出味道来。对于现在的我而言，食物的意义仅在于补给能量。

“如果我的表情影响了你吃饭的心情，那真的很对不起。”

“喂，怎么说话的？搞得好像是我在找碴儿啊！”

“我赶时间。”

我把盘子里的食物塞进嘴巴里。

足有棒球手套大的手掌“啪”的一声拍在桌子上。好不容易从阿姨的魔掌逃脱的衬衫还是沾上了洋葱汤的汤汁。我无所谓。不管是什么样的顽固污渍，到明天就会自动消失，甚至不用动手清洗。

“你的意思是第17中队的绅士们不屑与第4中队的人说话？！”

男人吼道。我意识到自己惹上了麻烦。

在刚刚的战斗中，法瑞尔死了。这个循环里，我的情绪极其低落。从他吐血牺牲到现在，主观时间还不到5小时。当然我也阵亡了。不过这都不要紧，我情绪低落是因为法瑞尔是为了掩护菜鸟才阵亡的。这加剧了我最近饱受困扰的偏头痛。

本以为看到丽塔一如既往的样子，心情已经好多了，没想到自己的脸色竟远比想象的阴沉，甚至引发了异常事件。

我端好餐盘站起来。

男人也站了起来，巨大的身体挡住了去路。

周围已经围起了一群看热闹的，大家都期待着看到一场打斗。时间是11:48，在这里耽误时间将会影响后面的整个日程表。有无限的时间并不等于可以随便浪费。每浪费一小时，能力就弱化一分，一上战场就会体现出来。

“准备溜吗？胆小鬼。”

男人的声音在脑子里嗡嗡作响。

丽塔·沃拉塔斯基回过头来一动不动地盯着我。她似乎才注意到训练的时候盯着自己看的新兵也在这里。

我心里有种感觉，此时如果回看丽塔，她应该会像训练或者首战时那样出面帮忙解决。她受不了别人求助的眼神。虽然她看上去冷酷，但其实很有人情味。

求助的话，她会怎么做呢？会拿出绿茶的话题让火冒三丈的男人冷静下来吗？

我不禁笑了。

“你笑什么？！很好笑吗？！”

“和你没关系。”

我把视线从丽塔身上移开。

现在的桐谷·凯奇已经不是那个不知所措到处乱窜的新兵了。表面上没有任何变化，实际上却是个经历了79场实战的老兵。自己的事情，自己能搞定。在训练上添麻烦就算了，还用三寸不烂之舌把人家的预备战斧给勒索走了，现在连午饭时间也要给人家添麻烦，这可不地道。

“你说什么？！”

“不好意思，我没时间在这里和你耗。”

“喂，差不多得了！”

一个妩媚的声音阻止了我们的争吵。并不是丽塔高亢的声音，救命女神竟然另有其人。

回头一看，桌子旁站着一位黑皮肤的女性。围巾包裹着的胸部毫不讲理地占据了我 60% 的视野。她手里拿着的公筷夹着热气腾腾的炸大虾，就这么径直介入我和男人之间，是瑞秋·如月。

“不要打架，这里是吃饭的地方，不是打架的地方。”

“我这不是在教没有教养的年轻人一些社会常识嘛。”

“你太过分啦。”

“怎么会呢？是瑞秋说花线基地自建立以来还从来没见过他那样的苦瓜脸，所以我才来的嘛。”

“这倒是……”

瑞秋瞥了我一眼。

当时把一车的马铃薯搞得满地都是，也没见她发脾气，看来我刚刚的脸色真的十分难看。可能也想顺便捉弄一下这个总是站在疯狂追求自己的约那巴尔身边的新兵。我无意责怪她。和滚了一地马铃薯一样，这也是桐谷·凯奇惹的祸，责任在桐谷·凯奇身上。

瑞秋受欢迎的程度似乎远超我的认识。男人过来找碴儿不仅仅是因为队伍间的矛盾，可能还赚一波她的眼球。在清一色沙漠迷彩的基地里，她这样的女性有时会成为男人们的精神支柱。

“好啦，那是我说得太过了。”

瑞秋面对着男人，手背过来挥了挥，示意我离开。

“来，特别送你一只炸大虾，消消气。”

“不行，我不开心。”

“都说了好了。”

“你倒是说话呀！小子！”

男人隔着瑞秋的肩伸出粗壮的手臂推了过来。

身体下意识地做出反应。

右脚顺时针、左脚逆时针。啪！啪！这是为了穿上机甲之后能走得更加扎实的最优步法。左手和胸部将男人的手拨开，右手高高举起以防餐盘掉落，重心保持在身体的中心线上。瑞秋手里的炸大虾掉了。大虾落地前，男人在空中将它捕获。

男人失去了平衡。

脚下一个踉跄，往前踏出两步、三步，打翻了前方士兵的午饭后终于站住。

我单手举着餐盘站在一边。

“掉了哦。”

我把炸虾还给瑞秋。

看客们一阵欢呼。

男人的脸一下子红到了脖子根。

“他妈的！”

男人冲了上来。

啊！竟然动手！太过分了吧。

避开、反击，还是索性脚底抹油，溜之大吉？时间来得及，我还可以好好想想。

受过步兵训练的男人，右直拳相当利落，但是与拟态的攻击相比，如同静止。他的攻击是为了教训对方，而不是要取人性命。

拳头带着多余的蛮力从我的鼻尖擦过。

脚下毫无防备。

我本可以把你杀了。

必杀技右直拳落空后，男人重新调整姿态，呼吸混乱。他使出拳击手的步伐，脚下左右跳动着。

“小子！有种别躲！过来啊！”

还要来吗？没完没了了！

看来刚刚那一下还没有让你意识到我们之间有着比马里亚纳海沟还深的实力差距。头疼。

左勾拳，我后退半步。啪！

又是拳头，后退。两次、三次、四次，漏洞太多，数起来一点意思也没有了。一分钟之内，我至少可以杀他十回，但那不是我的工作。我的工作不是把血气方刚、有能力的人类送进急诊室，而是把人类的敌人送进专门为他们准备好的地狱。

男人每挥空一次，周围就发出一阵呼喊。搞什么呀！都没蹭到！瘦小子也别光躲呀！上呀！上！有没有人去门口放个风！闲杂人等禁止入内！我出 10 块押大个子！ 20 块小个子！这家伙竟然趁乱把我的炸大虾给……看热闹的越是起哄，男人拳头上的蛮力越大，就越是打不中。

法瑞尔常说：把一秒钟切碎了看！

一开始我还不理解，以为一秒不过就是一秒，既不会缩短也不会延长。

只要打开大脑深处的开关，一秒钟就可以像电影胶片那样以帧为单位进行分割。以投映在现实世界的画面为基础，预测十帧之后的情况，拟定对策，找到最优解。这些都在无意识中进行。不会将时间分割为无数单位的人，上了战场将不堪一击。

避开攻击不难，可是再横生事端就不妙了。虽然我特意岔开了时间，可再过不久第 17 中队的战友将会到达食堂，得在他们过来前把事情解决。

经过慎重考虑，我决定老老实实挨他一拳以节省时间。

失策的是，为了阻止男人，瑞秋冲了进来。右拳轨迹发生了微妙的偏离，本来只能轻轻擦一下脸颊的拳头却正中了下巴。一股灼烧感从牙齿周围蹿进鼻腔内部，餐盘上的碟子飘在空中，视野边缘出现了丽塔离开食堂的背影。这剧痛就当作下次的教训吧。我失去意识，在睡眠的泥沼中徘徊，然后……

醒了。

回过神来，发现自己正躺在折叠椅架成的简易床铺上，湿润的手帕贴在脸上。还有淡淡的、柑橘调的香味。

“醒了？”

我在厨房。

大型换气扇嗡嗡作响，把蒸腾的雾气悉数吸走。古装剧中出现的棺材般巨大的锅里，橄榄色的液体正咕嘟咕嘟地沸腾着。墙上贴着一周的菜单。手写的文字上方，贴着一张像是从哪里剪下来的男人的脸。

我盯着那亮白的牙齿看了半天，终于想起来：那不是在我们宿舍床边贴着的肌肉男吗？没想到居然逃离臭烘烘的男兵宿舍，在这里对着食堂阿姨们嘿嘿笑，还真有两下子。

瑞秋正在给马铃薯削皮，削好后放入巨大的菜篮子里。那就是第三次循环里我一头撞翻的马铃薯，它们将会成为我连续吃了79次的土豆泥。

除了她，这里没有看到其他厨房工作人员。到底是对自己的手艺信心十足，瑞秋看上去相当认真地准备着男人们的餐食。

我坐起来，试着咬了咬牙齿。阴差阳错地挨了一拳，感觉下巴像是脱臼了。

“对不起啊，他不是什么坏人。”瑞秋说。

“我知道。”

“没想到你还挺沉得住气的。”

“我只是免了一桩麻烦。”

我耸耸肩。

出击前日躁动的气氛、想在美女面前显摆一番的小心思、我的臭脸，少了哪一个条件男人都不至于过来寻架。总之，我也有责任。

她好像笑了。

“和平主义者？在部队可不多见。”

“在战场上已经打得够多了。”

“所以没有动手？”

“什么意思？”

“你明明比他强，像是一直克制着不动手。”

我认真观察着作为女性个子并不算矮的瑞秋。

花线基地是三年前建成的，取得营养师的资格后再进来这里的话，最少也和我相差4岁，可她看上去并没有那么年长。不是说故意装嫩，而是黑色皮肤带来的跃动感、健康的笑容带来的活力，都让人感觉不到她的年龄。

这些地方和我曾经喜欢的那位图书管理员有一点相似。高中的时候，我曾被她甜美的笑容蒙骗，顶着夏天的大太阳帮忙给图书馆晒书。

我说：“人生应该是刻在石头上的，即使写在能反复改写的纸上，也毫无意义。”

“你竟然会说这种不可思议的话。”

“是吗？”

“你有女朋友吗？”

“没有。”

“明天出战，是吧？”

“是的。”

“今晚的话，我有空噢。”

我看着她绿色的瞳孔。

瑞秋好像着急了。

“你不要误会，我可不是对谁都会这么说的。”

我知道，她可是对约那巴尔不屑一顾的瑞秋。这么难搞的女人现在可没几个——我整整听约那巴尔抱怨了一个多礼拜。不过我觉得这和他的交际圈也不无关系。

“现在几点了？”

“马上 3 点了。你整整晕了 3 个小时呢。”

15:00，和法瑞尔合练的时间。作为时间的囚徒，我有很多事要做。

上个循环里的那个行为……因为那个行为，法瑞尔和小队长都死了。为了保护我，一切都是因为我那哗众取宠的行为。在法瑞尔的机甲内侧，贴着一张边角烧焦的全家福。被一大群弟弟妹妹团团围住的法瑞尔，在巴西灿烂的阳光下开心地笑着。

桐谷·凯奇是个凡人，没有什么出众的才能。自己能做的、不能做的、现在做不到，经过模拟训练和几个循环的实战后能做到的，我必须做出选择。再也不能让无数次帮助自己的恩人因为自以为是的蠢货犯下的愚蠢错误而殒命。

如果人生只有一次，也许，我会选择和她共同度过出战前的宝贵时光。

“不好意思，你找别人吧。”

我朝训练场跑去，军曹那个浑身汗臭的训练狂在等我。

“傻瓜！去死吧！”

背后传来骂声。

4

第 99 回。

战斗开始的第 45 五分钟，战死（KIA[1]）。

5

第 100 回。

1　阵亡（Killed In Action，KIA）又称阵殁，是军队当中广泛用来描述部队伤亡人员的军事用语。

约那巴尔导致战线崩溃。

那家伙临死前说：

“凯奇，那个小说的凶手是……我想……吃……海蕴菜……”

战斗开始的第 57 分钟，KIA。

6

第 123 回。

第 50 回开始发作的偏头痛越来越厉害了。原因不明，军医开的头痛药完全不管用。抛开战场不论，想到今后要一直饱受头痛的折磨就让人心情郁闷。

战斗开始的第 61 分钟，KIA。

7

第 154 回。

战斗开始的第 80 分钟时失去了意识。没有死，也没有摆脱循环。

唉，不管了。

既然这样，那也没办法。

8

事情发生在第 158 回。

终于能顺利使用碳化钨战斧了，我只需稍稍扭动手臂就能把拟态的棘皮大卸八块。

为了对付皮糙肉厚的敌人，人类发明了高频电刀、起始速度每秒 1500 米的打桩枪等武器。听说这些武器里，甚至有利用蒙罗效应[1]开发的近战武器。可是，射击型武器总会面临弹药用尽以及卡壳的问题。娇气的电刀一旦下刀角度不对，轻易就会折断。

战场的女神丽塔·沃拉塔斯基用的是一把碳化钨的战斧。

那非常不错。调节器产生的惯性重量可以直接转为破坏力，多多少少会出现卷刃和缺口的问题，但是这并不影响其作为武器的价值。没有锋利的刀刃也是它的一大优点。近战武器在战场上主要用于殴打。日本刀等武器过于锋利，有时候会很难从对方身体里拔出来，所以有传闻说古代会战前会拿刀猛砍石头以磨平刀

1　蒙罗效应，是一种炸药爆炸相关的现象。在薄形的类圆锥状金属（凹形的研钵状或圆锥状空洞）内衬爆炸的炸药，爆炸时的能量会集中到类圆锥状的中心轴，金属内衬会沿着中心轴的方向化作高速的金属喷流的现象，在金属喷流方向上的目标物会被击出深孔。

刃。丽塔的战斧正是经过了战场检验的理想武器。

穿着待机状态的机甲，我们小队埋伏在特牛岛北部。

距离小队长发出战斗开始的信号还有 5 分钟。不管经历多少次，还是紧张到难以呼吸。因此，不难理解为什么约那巴尔一直噼里啪啦说个不停。老兵法瑞尔对我们的闲聊完全不予理会。

“所以我说，你小子也赶紧找个女朋友嘛。”

“嗯？”

“电波斯基怎么样？训练的时候不是聊上了吗？你小子对她有意思吧？”

“嗯？”

“你小子，怪冷静的啊。”

“嗯？”

“你小子一点也不可爱！我第一次出战的时候可是要更加的……怎么说呢，心脏怦怦跳！”

“毕竟战场就相当于考场嘛。”

“你什么意思啊？”

“高中的时候没考过吗？”

“那都很久之前的事了。”

“嗯。”

“……”

“嗯。”

“我可什么都没说！”

约那巴尔的声音传得很远。

明明前不久才刚上战场，可我感觉已经在这个地方战斗了100年。半年前的我还是一名高中生，对席卷世界的血战没有丝毫兴趣，和父母、朋友和平地生活着，从来没想过有一天自己会走上战场。

“你从昨天开始就怪怪的。”

“是吗？”

“脑子可别出了问题。要是我们小队连续出现两个的话，那可受不了……话说，你小子手上那个大家伙是什么？准备用来干吗？自我表现？行为艺术？”

“斧头当然是用来砍的。”

“砍什么？”

“主要是敌人……”

“冷兵器的话，不是有打桩枪吗？如果说斧头最管用的话，樵夫嘿嘿不就天下无敌了吗？”

“不是嘿嘿，人家叫与作[1]。”

“对，就是那个。”

法瑞尔这时插了进来：

---

1 《与作》是1978年发行的日本歌谣曲，由北岛三郎与千昌夫等共同创作。歌词描绘了伐木工与作的生活状态，“嘿嘿”描述的是其伐木时的声音。

“虽然不知道你是在哪儿学的，不过我也清楚你小子那玩意儿耍得不错。不过啊，凯奇，冷兵器是当对方冲到了眼前不得已的时候才用的，不是自己拿着往上冲的。现代战争主要靠的还是射击，别忘了。”

“好的。”

“然后，约那巴尔。”

“怎么了？”

“算了……你小子就这样吧。”

“喂！喂！你把凯奇夸了一通，就没什么要对我说的吗？我可是很脆弱的，也很需要温暖的鼓励的！军曹！”

“与其白费力气鼓励你，我不如没事擦擦20毫米的机枪和机枪说说话，可能还管用些。”

“你这是赤裸裸的歧视！歧视！咘……咘……”

“有时候我想，要是有哪个家伙能发明个拉链把你小子的嘴给封上，把我的全部退休金给他都行……战斗开始了！都给我小心点！”

战斗开始了。

我拽着缆绳冲了出去。机甲的多普勒雷达开到最大。

找到了！是那家伙！

射击。

趴下。

尖矛弹在头顶飞过。

“谁呀！冲到那么前面，找死吗！”

我装作顺从，实则全不理睬。要是完全听士官指示的话，有多少条命都不够用。

带着刺耳的声音,子弹开始往来交错。我拍落头盔上的沙子。

看了一眼法瑞尔。

他点点头。

他很快就懂了，我的牵制射击对于防止敌人偷袭起到了很好的效果。一名老兵的直觉告诉他，这位看上去吊儿郎当的，还是第一次上战场的新兵桐谷·凯奇是个在实战中能派上用场的家伙。这一直觉近乎鲁莽，但他有接受自己直觉的勇气。这便是这20多年里支撑巴托洛梅·法瑞尔生存下来的关键。

坦白地说，小队中能派上用场的只有法瑞尔一人。其他老兵只不过上过两三次战场而已，或者说，活下来的士兵只不过是没有体验过怎么做会死而已。

他们不懂生与死的界限在哪儿，不懂得横尸遍野的死亡线上才是最容易活下来的地方。深入骨髓的恐惧将会指引我到最恐怖、最残酷，也最安全的地方。

这便是对付拟态的方法，其他的我一概不知。桐谷·凯奇的敌人是人类的敌人，其他的与我无关。

恐惧占据着我。我恐惧、战栗，每当在视线之外感受到敌人的气息，战栗就会蹂躏我的神经。是谁曾告诉我，要让恐惧融入身体？小队长、法瑞尔，还是训练基地的教官？

恐惧与我同在时，我总能在颤抖中感受到一丝安心。逃离绝望，沉溺在肾上腺素带来的兴奋之中，这样的人是活不下来的。战场的恐怖犹如缠人的坏女人，无法完全摆脱，只能努力寻找与之共处的方法。

炸药炸裂的声音、子弹切割空气的声音、金属撕裂的声音、油烟与血混在一起，死亡永远存在于距离鼻尖只有 10 厘米的地方。

301 师团装甲化步兵第 12 连队第 3 大队第 17 中队是一枚弃子。

如果主力部队行动成功，从包围圈中逃出的拟态便会会聚到一起攻击我们。失败的话，这股小小的战力将被遗弃在敌军腹地。不管怎样都难以存活。小队长应该清楚，资格最老的军曹法瑞尔也应该知道。由冲绳登陆战的残兵败将所组成的中队，理所当然会接到这样的差事。2.5 万名机甲兵参加的作战行动中，区区一个中队，146 人，就算全军覆没，对于参谋部来说也根本不值一提。不过是作战行动中必要的牺牲而已。

不过，战场上永远只有三种情况：不妙、非常不妙、极其不妙以致无计可施。着急也没用，无论什么时候，战场上总是一片混乱。一样的机甲，一样的敌人，一样的战友。我的身体也完全一样，不够强大的肌肉现在仍在发出悲鸣。

虽然肉体毫无起色，可支配肉体的操作系统却发生了巨大的蜕变。受战况摆布，只会四处乱窜的菜鸟现在已经成了一名有能力改变战局的老兵。

循环无尽的战斗也并不算痛苦。因为我是一个战斗机器，不耗油，不耗电，身上流动着血液与神经递质的杀戮机器。

战斗机器不会做多余的思考，也不会流泪，只会把苦笑挂在脸上，提前预测战争走向，消灭一个敌人的同时，眼睛已经开始寻找下一个目标，脑子已经开始考虑下一次屠杀了。无所谓幸福，也无所谓不幸。我将波澜不惊地坚持战斗，如果这注定将永远持续下去，也没什么不能接受的。

开枪，跑动，劈开，践踏，跑开。尖矛弹在我 0.1 秒前所在的地方呼啸而过，扎入地面，轰隆！沙土掀起。好机会！敌人无法察觉沙土另一面的情况，而我可以。你看，那里，一、二、三。隔着掀起的沙土，我迅速消灭了三个拟态。

我毫不犹豫地踢开战友，就像是两手拿着东西用脚踢开大门。左手拿着枪，右手拿着战斧，根本空不出手来。很幸运，造物主赋予了人类四肢，如果手脚一共只有三只，就帮不了那位不知名的士兵了。

一个回身，一击砍倒一头拟态。

我跑向被我一脚踢飞的士兵。

装甲上戴着皇冠的狼——第四中队的一员。他们在这里，也就是说我们与主力会师了。战线已经开始崩溃。

机甲的肩部微微颤动。男人出现了休克症状，不知道是受到了拟态的惊吓还是因为被我踢了一脚。总之，他已经无法掌握周围的情况了，放任不管的话，活不过三分钟。

我用手摸到他肩部的按钮，说："还记得上次比赛你们输了几分吗？"

男人没有回答。

"你们输给第 17 中队的那场比赛。"

"什……什么？"

沙哑的声音传来。声音黏着在干渴的喉咙里无法清晰地发出来。

"橄榄球比赛，不记得了吗？当时好像说是刷新了队史纪录，所以，应该不止 10 分或 20 分，总之分差非常大。"欸，诱人说话这招也不是我想的。不过，根据在部队发明的东西就属于部队这一规定，那家伙应该不会找我要专利费吧？

"你……说什么呢？！"

"看来已经没事了。"

不愧是老兵，果然恢复得很快。我轻轻地拍了拍他的肩膀。

"就当你欠我个人情哈，第四中队的……"

"村田 · 小五郎上等兵。"

“我是桐谷·凯奇。”

“装什么装，真讨人嫌。”

“彼此彼此，祝你好运。”

我们轻轻碰了碰拳头，就此告别。

看看左右两边。

奔跑。

开火。

身体已经极度疲惫，可是脑子却比平时还清醒。就像传送装置自动分拣好苹果与坏苹果那样，多余的信息被自动过滤，只有必要信息才会传送到脑子里。

这一次的今天，我也见到了丽塔·沃拉塔斯基。

她伴随着隆隆的爆炸声粉墨登场。在敌人遥不可及的高度盘旋的轰炸机投下激光制导导弹，不到20秒，导弹穿过敌我之间的地带，在战场的女神所提供的指示点精准爆炸。

她所到之处，精密制导的导弹纷纷下落，所有活着的和没活着的都一起化为灰烬。从弹坑中爬出来的也逃脱不了死在战斧下的命运。

这里明明是战场，不知道为什么，看到红色机甲我却顿时松了一口气。丽塔一出现，濒临崩溃的战线就迅速重振了起来。

因为她有着卓越的战斗技术，是联合防疫军US培养的超级士兵。不仅如此，恐怕还因为她是战场的女神吧。

战场上的士兵，看到她那醒目的机甲后，心里一定会想着她。就像在摇摇晃晃的吊桥上相遇的男女坠入爱河，在死亡随时可能降临的战场上，男人们难免会爱上她。“战场的女武神”这一称呼也是男人们绞尽脑汁起的。

虽然我一直觉得不可能，不过……我也开始对丽塔·沃拉塔斯基有了某种感情。

唉，但是这又有什么用呢？陷在时间之轮无法脱身的我，是不会拥有爱情的。即使在短短的一天里和某个人发展出了恋爱关系，第二天那个人还是会消失。循环的世界会毫不留情地剥夺与人共处的宝贵时间。

在我最脆弱的时候伸出援手的那个人，在战场上谈起格格不入的绿茶让我平静下来的那个人，说要在我身边陪伴我死去的那个人。对于遥不可及的女神，或许还是保持暗恋才更合适吧。

在想着这些事情时，我的操作系统也在自动工作。转身，抬腿，对眼前的战斗不作任何思索。作为一台精密的机器，多余的思考只会降低我的性能。应该那样，应该这样——边思考边行动是训练时做的事。实战中这么做的话，一直蠢蠢欲动等待出场的死神一定会微微一笑，毫不犹豫地挥下镰刀。

我继续战斗。

战斗开始的第 72 分钟。田中、马威荣、乌贝还有尼乔，战死，共 4 人；负伤，7 人；失踪，0 人。

把泳装女孩儿的海报贴在宿舍墙上的尼乔，从中国来的沉默寡言的马威荣，不甚熟识的另外两个人。没有救出的每一张脸，都深深地烙印在我心里。我尽量铭记他们的痛苦，哪怕几小时后便会消失。犹如一根小刺不停地刺痛胸口，这份疼痛让我在下一个战场变得更加强大。

小队总算挺了下来。隐隐约约能听到螺旋桨的声音，那是支援直升机没被击落的证据。这是目前为止进展最好的一次。看到新兵惊天地泣鬼神的表现，小队长也默许了这位菜鸟的独断独行。有时，法瑞尔还会用他百发百中的射击为我掩护。

是那个家伙！卷入循环之前的第一个战场。

丽塔把我救起的那个战场，被我用打桩枪连开三枪的那个家伙。

说不清为什么，我知道就是那个家伙。外表和一般的拟态没有任何区别，都像是溺死的青蛙。但是，哪怕是经过了 157 次的循环，我还是清清楚楚地记得在初战中杀死我的那个家伙。

一定要除掉它！

除掉那家伙，有些事情仿佛就能告一段落。虽然除掉它之后，下一次的今天、下下次的今天、下下下次的今天，战场仍然不会有任何变化，但是，至少可以给一成不变的日子带来些许变化。

你给我等着。

现在就除了你。

说起告一段落的事，那本悬疑小说还没看完呢，我突然想起。在卷入循环之前的唯一一次宝贵时光里看过的那本书，情节刚好发展到侦探把有关人员聚集在一起准备揭晓谜底的阶段。后来埋头训练，于是把它忘了个一干二净。感觉像是已经一年没有看了。

是时候再看一看了。把这家伙收拾了，就继续把最后一章看完吧。

我拿起战斧，小心翼翼地靠近它。

耳机里传来杂音。

有人在说话。

是一个女人的声音。

这时，战场的女神丽塔·沃拉塔斯基，人类最后的撒手锏——Crazy 电波斯基开口道：

“你……这是，第几回了？”

第三章
战场的女武神

1

烈日在地上画出轮廓鲜明的影子。碧空如洗，仿佛可以用激光瞄准器照得很远，很远。蔚蓝的天空下，队旗猎猎作响。太平洋吹来微湿的南风。

海风中，一股香味儿钻进鼻子，沁人心脾，吹得人喉头直痒痒。丽塔·沃拉塔斯基弯曲着红色眉毛，一脸诧异。和拟态发出的臭味截然不同，也许这就是有名的越南鱼露的香味之源。

如果不是来打仗，远东地区也并不是一无是处。一览无余的海岸线易攻难守，落日的景色却美不胜收，空气和水也很清甜。丽塔对风雅的感受能力远不及常人，却也觉得美妙，来度假的游客一定会心满意足。就是湿气太重了……

今天天气晴朗，是实施轰炸的绝好时机。太阳西沉之后，满载 GPS 制导导弹的轰炸机将陆续起飞，将目标岛屿炸个面目全非。人类的敌人也好，美丽的珊瑚礁也好，岛屿多样化的生态系统也好，都难逃灰飞烟灭的命运。

“天气真不错啊，沃拉塔斯基准尉。”

“……”

“这种好天气里拍出来的飞机，一定很有立体感。”男人说。

他的脖子比一般机甲兵还要粗壮，脖子上挂着一台胶卷摄像机。

丽塔在一旁不屑一顾。

“说得好像你很懂摄影。”

“你说什么？我可是被上头允许随军远征到日本的唯一一名摄影记者。我的工作是向大众报道战争的真相，是很高尚的。”

“你有几条舌头？”

“只有一条啊。美国人都只有一条，上帝造人的时候就这么定的。据说克里特人和俄罗斯人有两条。”

“听说日本有这样的神，专门拔那些骗子的舌头。可得看好你的宝贝舌头，不要被拔走了。”

“喂喂喂，这也太吓人了。”

两人站在海风吹拂的练兵场一角。偌大的练兵场中央，日本装甲化步兵中队的 146 名战士保持着奇怪的动作一动不动。据说是一种叫什么平板支撑的训练，丽塔从没见过这种训练方法。

她的战友们聚在不远处，伸出毛发浓密的手臂指指点点，嘲笑着怪模怪样的武士子孙。

出击前的30小时，战友们不会靠近丽塔·沃拉塔斯基。这是一条不成文的规矩。会毫不客气过来搭话的，只有不懂规矩的美国本土工程师以及身边的拉尔夫·马道科。

“他们的手不动吗？”

“听说是要一直保持那个姿势。”

“这就是你说的武士的训练方法吗？看起来更像是瑜伽。”

“印度和日本的神秘之处不都一样嘛。”

“98！”

“98！”

“99！”

“99！”跟随各中队准尉的指令，男人们对着地面吼道，就像那位发现了国王的耳朵是驴耳朵这一秘密的理发师。整个中队146人的声音在丽塔的脑内回荡。她感到头痛。偏头痛是她的老毛病了，今天尤其厉害。

“又是头痛？”

“与你无关。”

“一个小队规格的医疗团队贴身治疗，竟然治不好区区偏头痛，真是令人难以置信。”

“我也觉得难以置信。你去问问为什么。”

“他们太难搞了，一直拒绝接受我的采访。”

马道科咔嚓咔嚓地拍起了照片，记录下眼前这一怪异的训练景象。这些照片该怎么处理呢？也许可以卖给那些专门发布小道消息的新闻公司吧。

“你怎么老拍一些恶俗的照片？”

“照片就是照片，哪有什么恶俗不恶俗的。点开链接看到尸体的照片，乖宝宝的妈妈们会选择起诉。同样的照片，如果出现在《纽约时报》的主页上，就会入围普利策奖。”

“真够厚颜无耻的。”

“是吗？”

“潜入信息处理中心的是你吧？人家受你牵连在这儿受折磨，你却在一边拍照。”

“喂喂喂，冤枉啊。”

按快门的频率不知不觉地加快，两人的对话被嘈杂的快门声掩盖。

“比起中央，这里的安保破绽百出。我不知道你来偏僻的前线基地干吗，不过别给别人添麻烦。”

“……看来没有瞒过你啊。”

“就算掌握到重大新闻，在审查的时候被拦下来不也一点办法都没有吗？”

“报道真相这种事就交给政府下面的那帮家伙吧。可是，什么才是真正的真相，得自己睁大眼睛看个清楚。哪怕报道不了。”

“真是个自私自利的家伙。”

“记者都是自私的。自私归自私，我掌握到一个不错的消息。做梦的那群人你知道吧？”

“我对电波宗教没兴趣。”

“你在佛罗里达大显身手的时间和他们开始活动的时间基本一致，这个你不会也知道吧？”

做梦的那群人是指进行反战运动的市民团体。拟态出现后，海洋的生态系统发生了巨大的变化，呼吁保护海豚、鲸鱼等海洋哺乳动物的团体自然而然地消失了。继而便出现了做梦的这群人。

他们坚持认为拟态是智慧生物，因为人类不和拟态交流，所以它们才不得不继续战斗。它们提出，正如作为武器的拟态正在进化一般，只要人类坚持呼吁，它们与人类交流的能力也会进化。他们吸收了对战争结果持悲观态度的厌战派，在这两三年里迅速发展壮大。

“来日本之前，我采访过几个人。”

“那真是辛苦你了。”

“他们都做过同一个梦——人类和拟态展开战斗，最后败北。不同的人在同一天做同样的梦。他们认为那是拟态在给人类传递信息。不过这个部分大家都知道……”

马道科舔了舔嘴唇，和巨大的身体极不相称的小舌头犹如软体动物般在唇间蠕动。

“但是据我调查，所谓‘同一天’其实就是联合防疫军 US 特种部队开始作战行动的前一天，而且这几年做梦的人数持续增加。虽然没有公开，部队里其实也有不少。”

“电波宗教那帮家伙认为海里的一切神秘物质都有智慧，他们说的话你也当真？”

“现在可是连学会也在认真讨论拟态是智慧生物这一可能性。如果是智慧生物的话，会给人类传递信息也不算奇怪吧？”

“可别把不明所以的东西强行解释为信息。你要这么说的话，就永远只能是政府的喉舌。”

“生物从单细胞发展到变温动物，从变温动物发展到恒温动物，每进化一次，单位重量所消耗的能量就增加 10 倍。从人类在社会活动中消耗的能量来看，正好是恒温动物的 10 倍。而且，同样身为恒温动物的拟态，它们所消耗的能量和人类一样，都是恒温动物的 10 倍。”

“理论挺有意思，写篇论文拿去发表吧。”

“你之前不是说你会做梦吗？”

“嗯，会做。不过，就仅仅是做梦而已。”

丽塔认为在梦里寻找意义是徒劳的。噩梦就仅仅是噩梦而已，这和丽塔·沃拉塔斯基每次一开战便会陷入的时间循环有着本质上的区别。

“话说，今天不也是行动前一天吗？你采访的那些家伙有收到那个什么信息吗？”

“当然，我早上给罗斯打电话问了，三个人都收到了。”

“不打自招，那根本不可能。”

“你怎么知道？”

“因为这个今天是第一回。”

“又来了，今天就是今天，哪有什么第一回第二回的。”

“不懂就算了。”

马道科故意耸了耸宽大的肩膀。丽塔继续把视线投向不幸的男人们身上。

都说机甲兵不需要很大的肌肉力量。比起极其耗费体力的瞬间爆发力，肌肉的稳定性和耐力更为重要。丽塔所在的特种部队，将中国拳法中的马步纳入了训练中。那是一种长时间坚持骑马姿势的训练，不仅可以强化腰部和腿部的力量，还有助于养成出色的平衡感。

平板支撑这种武士的训练方法有多大效果，丽塔完全摸不着头脑。她看起来倒更像是一种惩罚。

日本部队密密麻麻地排在地上，保持着同样的姿势。

对于他们来讲，算得上是人生中最糟糕的几次体验之一吧。丽塔・沃拉塔斯基羡慕他们能有这样无聊的回忆。她已经很久没有和别人有过共同的回忆了，哪怕是这种恨不得扔进马桶一下冲走的无聊回忆。

湿润的海风撩动红褐色的头发。刘海儿轻抚额头，痒痒的，长得有点长，已经很难称之为短发了。

这里是还没有循环过的第一次的世界。这里发生的事情只会留在丽塔的记忆里。日本士兵流的汗、US特种部队的嘲笑声，全都会消失得无影无踪。

她大可以置之不理。

可还是觉得这些浑身大汗淋漓、汗津津的衬衫紧紧贴着后背、在出战前一天还不得不训练的士兵有点可怜。间接来讲，这和把马道科带来日本的她也不是毫无关系的。

可以的话，她想尽量缩短这看上去除了锻炼武士精神之外毫无用处的基础训练。虽然这无非是出于自己多余的伤感。

丽塔环视一圈练兵场。

于是遇到了一个颇具挑衅意味的眼神。

那个男人一动不动地盯着她，眼睛里仿佛聚集了这个世界所有恶毒的诅咒。被人投以敬畏、崇拜、恐惧的眼神，这些她早就习惯了。可是被一个素不相识的人用如此深仇大恨的眼神盯着，这还是头一回。如果人的眼睛里能放出射线，丽塔肯定三秒之内就被烧成了圣诞节的火鸡。

她曾遇到过一位有着同样眼神的男人——阿瑟·亨德利克斯，

他有着不惧一切的蔚蓝色瞳孔。丽塔把他杀了，把那双瞳孔永远埋进了黑暗的泥土中。

在做平板支撑的男人，从肌肉的成色来看，应该是名新兵或者是与新兵接近的什么等级，和亨德利克斯不一样。亨德利克斯是中尉，美国人，曾担任特种部队的小队长。

眼睛的颜色也不一样，发色也不一样，长相、体格也不一样。

可是，战场上的女神丽塔·沃拉塔斯基却对这个东洋男人产生了兴趣。

2

如果有一种机器可以测量人的才能，世界会变成什么样子？丽塔·沃拉塔斯基有时候想。

既然有决定身高和长相的DNA，那么，就算有能决定才能的DNA也毫不奇怪。父亲、母亲、祖父、祖母——曾经在祖先身上流着的血汇聚到一起，决定了一个人的整体素质。冷峻且准确的测量机器可以像测量身高体重一样将一个人的素质通过数值反映出来。

如果，一个人有着用公式解开宇宙之谜的能力，却希望成为一名文学家。

一个人有着无与伦比的烤面包的才能，却努力想成为一位技术人员。

梦想与天赋，二者出现偏离时，选择哪一条路才是最幸福的呢？

小时候，少女能拿得出手的只有套圈游戏和假哭。从来没想过自己的DNA里竟然隐藏着战斗的才能。

在15岁失去父母之前，少女还只是一个会对自己胡萝卜般的发色感到不满的普通小孩儿。运动也不算擅长，小学的学习成绩也一般。不喜欢吃青椒和芹菜，不过这不是什么值得一提的特点。只有假哭异常逼真，除了对她了如指掌的母亲，表演100次，相信别人99次都会上当。除了遗传自祖母的一头红发，没有什么引人注目的地方，不过是两亿四千万美国人中的普通一员罢了。

少女家住皮茨菲尔德，密西西比河东岸一个娴静的小村庄。既不是佛罗里达州也不是马萨诸塞州，而是伊利诺伊州的皮茨菲尔德。少女的父亲是著名的武术世家（好像叫柔术什么的）的老幺，可他既不想上士官学校，也不想当运动员，而是选择了在烂泥遍地的农村养猪。

除了报名联合防疫军离开村子的年轻小伙子们，皮茨菲尔德的居民过得幸福祥和，几乎忘了人类正在和未知的敌人战斗。

少女并不讨厌这个人口不足4000人的小村庄。

虽然整天哼唧哼唧的猪叫声让人心烦，但这里有新鲜的空气和广阔的天空。她还喜欢在自己的秘密基地寻找有着四片叶子的白色三叶草。

从事贸易工作的老人退休后，在村子里开了一家小店。食品、日用杂货，甚至祛除拟态的银质十字架，应有尽有。还有在其他地方绝对买不到的天然咖啡豆。

受未知生命体入侵的影响，发展中国家的耕地逐渐沙漠化。天然咖啡豆、茶叶、香烟等嗜好品均不见了踪影，被代用品以及人工香料取而代之。为了满足国家以及军队的庞大消费，很多地方被迫生产农作物以及猪肉。少女所在的村子也不例外。

据说拟态的入侵是从人类最脆弱的地区开始的——非洲以及南美洲的贫困国家、东南亚各岛国。军事实力不足的国家，领土逐渐被蚕食，最后变成一片荒漠。在遭到入侵的地区，人们不再种植咖啡豆和茶叶、烟草、香辛料等嗜好品，纷纷种植大豆以及芋头等食物以备日后食用。发达国家虽然成功将拟态拦在了国门之外，但是曾经大量生产消费的多种农产品却在市场上销声匿迹了。

父亲的童年时期生活在物资丰盛的大城市，因此极度喜爱咖啡，甚至可以说是上瘾。他既不喝酒也不抽烟，但在咖啡上面却花了不少钱。少女曾多次跟父亲手牵手，背着妈妈来到老人的小店。

黑色皮肤的老人留着乱蓬蓬的白胡子，嘴上总是叼着一根管子，上面系着一个大大的玻璃瓶。他整天都把自己埋在从各个国家运来的形形色色的商品中。

精致的银质小动物，怎么看都不可爱的人偶，分不清是鸟还是动物的木雕。小店里总是充满了老人嘴里吐出的香烟味、神秘的香料味以及微微带着泥土味道的天然咖啡豆的香味。

“这是智利产的豆子，这是非洲马拉维的。这个就远道而来了，是从越南出发经由丝绸之路运到欧洲，再从欧洲转运过来的。”

老人指着一罐罐豆子说明道。在少女眼中，它们长得都一样。

“还有坦桑尼亚产的吗？”

“不是全都被你喝光了吗？”

“你怎么说话和我老婆一样……我最喜欢坦桑尼亚的。”

“这个怎么样？这可是极品，夏威夷产的特级科纳咖啡，就算在华盛顿特区也难得一见。你闻闻。”

老人挤动满脸的皱纹，露出得意的微笑。父亲双手抱在胸前，嘴里念念有词，他似乎特别享受这个犹豫的过程。柜台刚好高过女孩儿的头顶。女孩儿踮起脚尖，露出脑袋：

“上次我看电视上说，夏威夷陷落了。”

“你知道得真多啊，小姑娘。”

“你不要小看我！你们大人只知道看棒球和橄榄球，我们小孩子看的新闻节目可比你们多多啦。”

“那真是不好意思呢。”

老人再次挤动满脸的皱纹。

“这可是最后一批，地里采的最后的科纳咖啡豆。喝完这个，地球上就再也没有科纳了。”

“你是怎么搞到这些东西的呀？”

“这是秘密哦，小姑娘。”

麻布袋中装着满满的奶油色豆子。除了长得稍微圆一些之外，看不出这些豆子和其他豆子有什么大的区别。

少女用手指拈起一粒。没有经过烘焙的生豆冷冷的，带着一股凉意。

夏威夷，四面环海的土地。父亲曾提到过那里的蓝天。夏威夷科纳，豆子在蔚蓝的天空下，吃饱了阳光，茁壮成长。少女当然喜欢皮茨菲尔德那水彩画一般的天空，但也想看一看滋养这种豆子的夏威夷天空是什么样的颜色。

“小姑娘喜欢咖啡吗？”

“不好意思，不怎么喜欢，一点也不甜，巧克力可好吃多了。”

“真可惜。”

“不过，香味可以勉强算是及格。这个香味毫无疑问是这里最好闻的。”

“小姑娘有前途，怎么样？想不想来继承这家店呀？”

老人玩笑似的说。一直盯着咖啡豆的父亲听见后赶紧打断。

“我们家就这么一个宝贝女儿，可不能让你拐走了。还得指着她继承农场呢。”

“就像我把工作交给这位小姑娘，你就没办法了一样。你再找个有前途的小伙子让他继承不就好了嘛。”

“倒也不是不可以考虑……”

“喂喂喂……”

“不是挺好的嘛。不管什么时候，这里都是自由的国度。”

“爸爸！以后的路，得多留几条呀。除了军队，我什么都想尝试一下呢。”

“小姑娘也讨厌军队呀？联合防疫军可是不错呢。”

“这孩子不是儿子，是女儿。”

“年满 18 岁的所有国民都有报名参加联合防疫军、保护国家与国民的权利，谁也不得干涉。你不是也清楚嘛。”

“可一个女孩子……”

“我不会去的，放心吧。”

“为什么呢？”

“书上说了，拟态不能吃。老师和神父都说过，不能胡乱屠杀不能吃的东西。”

“这孩子，将来一定是个大人物啊。”

“我说了很多次了，我觉得普通人的生活最好。”

大人们面面相觑地笑了。

他们为什么笑，少女并不明白。

拟态入侵皮茨菲尔德的小村庄，是四年后的冬天。那年冬天格外寒冷，积雪总也除不完，交通陷入半瘫痪状态。

后来才知道，拟态会派出类似斥候的敢死队，尽可能地深入人类世界搜集情报。有三头拟态穿过联合防疫军的警戒网，神不知鬼不觉地沿着密西西比河逆流而上。

据说，如果不是村里人注意到了奇怪的影子，斥候部队可能就直接穿过了只有农场和养猪场的皮茨菲尔德。

巡夜人用猎枪打出的那粒子弹成了屠杀活动的导火索。

大雪封路，州里的警备队根本无法行动。

联合防疫军乘着直升机到村里，花了整整三个小时。村子已经被烧毁了一半，1500 人遇害，相当于村子人口的三分之一。村长死了，神父死了，杂货店的老爷爷也死了。

拒绝参军选择到村里养猪的男人，为了保护家人而英勇牺牲。

猎枪对拟态起不到任何作用，开车去撞也只会被一把掀翻。尖矛弹轻而易举便打穿了木质的简易房屋。

他赤手空拳迎战三个拟态。他找准敌人开炮的瞬间，用自己的身体撞击敌人改变炮击方向，以其人之道还治其人之身。就这样，他消灭了两个拟态后被最后一头撕裂。

在身受重伤的母亲怀里，少女目睹了父亲在雪中战斗至死的整个过程。四周烟雾弥漫，火舌如旋涡般向上卷起，炫目的火星剧烈地向上翻腾。抬头看，天空已被染成一片血红。

在渐渐变冷的母亲怀里，少女陷入了沉思。

母亲是虔诚的基督徒，每次她假哭的时候，母亲便吓唬她说假哭会被上帝惩罚，上不了天堂。从地球之外来的拟态，它们如果不说谎也可以进天堂吗？这个问题每每会惹母亲生气。如果人类和拟态都出自上帝之手，他们到了天堂，也会继续战争吗？爸爸和妈妈会去那种地方吗……

被远房亲戚领养的少女，住在一座破烂公寓的旁边。破烂公寓里住着一位比她大三岁的姐姐。一天，少女偷走姐姐的难民证，径直走进了联合防疫军办公室。

因为旷日持久的战争，国家上下都笼罩着强烈的厌战情绪。联合防疫军无时无刻不在招募愿意上前线征战的士兵。只要没有大的前科，一律来者不拒。少女没有达到招募年龄，但负责人只看难民证上的年龄，给她敲下了合格的印章。

入伍前有一天的犹豫期，给脑子发热冲动报名的家伙一个后悔的机会。最后一天的自由。这一天，化身为丽塔·沃拉塔斯基的少女在联合防疫军办公室的长凳上一坐就是一整天。

她只有一个愿望。

将拟态一个不剩地驱离这颗星球。继承了父亲血脉的自己一定可以做到。

3

抬头看看星空吧。

人类称之为巨蟹座的那个方向，巨蟹右边的钳子里夹着一颗暗淡的星星。人类再怎么聚目凝神都不可能看见它。要看见它，需要一座小山般巨大的天文望远镜。

以每秒可以环绕地球七圈半的光速旅行，从地球出发要经过40多年才能到达那个地方。人类发射的信号根本无法到达。接下来你将听到一些也许是在那个星球上发生的传说。

那颗星球周围的行星上曾生息着比地球更多的生命，有着比地球更为发达的文明，比地球人有更高智慧的生物在这里休养生息。在这个传说里，就姑且称之为“外星人类”吧。

有一天，一个“外星人类”发明了一种叫绿色炸弹（Terraforming[1] Bomb）的东西。

他们把它系在宇宙飞船的前端。没有搭乘生命体的飞船，飞行效率大大提高。飞船以猛烈的加速度穿过宇宙，到达目的行星后发生爆炸。

爆炸的冲击波将纳米机械散播到行星的各个角落，对环境进

1　Terraforming，即外星环境地球化，是设想中人为改变天体表面环境，使其气候、温度、生态类似地球环境的行星工程。科幻作家杰克·威廉森（Jack Williamson）1942年在一篇小说中最早创造了这一词语。

行改造，使未开垦的行星改头换面，成为一颗适合“外星人类”居住的星球。实际上有一些更加复杂的过程，不过简单说来就是如此。

搭载着“外星人类”的宇宙飞船随后优哉游哉地起航，正好在纳米机械完成改造工作的时候到达。

“外星人类”学者问：

“不经调查就破坏行星环境，万一造成不可挽回的后果怎么办?

“适合‘外星人类’移居也就意味着该环境很可能孕育生命。我们可以因为‘外星人类’的一己之私夺走它们的土地吗？”

发明者答：

“‘外星人类’的生存本来就是建立在不可挽回的开发上。

“随着生存版图扩张，‘外星人类’牺牲了不计其数的生命。采伐森林、排水造地、建造大坝、挖掘资源，因为人类活动生活环境遭到破坏最后走向灭绝的生物要多少有多少。难道说可以牺牲自己行星的生命却不可以牺牲宇宙其他行星的生命吗？”

可能存在智慧生物。行星开发需要“外星人类”监督。

好像没有人能回答我们刚刚的问题?

行星上的居民需要找到新的星系转移增长过度的人口。

距离适中，不是双星、闪光星，能保持液体状态的水分，有轨道卫星的重力型恒星系。符合条件的，是人类称之为太阳的恒星。银河系的外围地带竟然生存着和自己一样的智慧生物，“外星人类”根本没有想到，也无从联系。

要知道，那里可是要以光速飞行40多年才能到达的地方。

遥远星球的“外星人类”建造的宇宙飞船就这么降落在了地球上。飞船上搭载的不是外星人，也不是入侵地球的兵器，而是近似于土木机械的东西。

从宇宙飞来的人造物体吸引了所有地球人的眼光。可是，不管如何呼唤，都没有任何回应。

官方公开称之为陨石。陨石分裂成八块，四块沉入海底，三块坠入陆地，最后一块留在了轨道上。坠落在澳大利亚和北美的两块被交到了北大西洋公约组织；留在轨道上的类似于母船的部分，经过各国的激烈争夺后，被导弹击碎，成了宇宙垃圾。

落在深海的自动机器，由于人类无法触及，安静而务实地按照指令开始了工作。自动机器盯上了棘皮生物。纳米机器进入坚硬的棘皮内侧与之形成共生关系，开始大量繁殖。

它们以土壤为食。在其体内经过消化排泄后的土壤成了对地球生物有害的物质。生态系统遭到破坏，土地荒漠化，海水变成混浊的绿色。土地被改造成了适合外星人生存的土地。

一开始，有的人说它们是人类排放的化学物质所导致的变异生物，有的人则说它们是生息在深海的远古生物，因为地壳运动而重新出现。甚至有学者毫无根据地咬定它们是山椒鱼进化而来的。

不久，它们开始成群结队地登上陆地，完全无视人类的社会活动，着手改造地球。

刚开始登陆时，它们并不强大，甚至称不上是兵器。行动缓慢，随便一个男人拿上武器就足以对付。但是，就像蟑螂对杀虫剂产生了耐药性，外星的自动机器慢慢开始进化。它们得出结论：在改造环境前，必须先排除阻止命令执行的物体。

战争在世界各地爆发，战祸迅速扩大，最终人类结成了世界规模的联合防疫军。

使人类陷入生死关头的敌人，人们称之为——拟态。

4

丽塔·沃拉塔斯基被编入联合防疫军装甲化步兵特种部队，是在她获得特鲁奋进击杀奖章的那场战役之后。

特鲁奖章只会颁给那些在一场战斗中击杀了 10 个以上拟态的步兵。将级军官把铁锤形状的闪闪发亮的勋章戴到丽塔胸前时对她赞不绝口。他说极少有士兵能完成两位数的击杀，而在第二次作战行动便获此荣誉的人，她是第一位。他们面对的敌人可是 50 人规模的装甲化步兵小队团团围住降下枪林弹雨才能勉强对付的拟态。

有人问她，如何在短短两次的实战中就掌握杀敌技能的。

丽塔反问：

“新婚妻子在厨房准备餐食，她是危险的吗？”

“不危险”，大概所有人都会这么回答吧。

稍微扭一扭开关，煤气喷枪就会喷火。水槽下塞满了引火的燃料。柜子上放着的锅具等，一不小心就会纷纷坠落，但凡有一把菜刀那样锋利的刀具，人类就会当场毙命。

可是，没有人会觉得危险，因为实际上的危险性很低。她知道什么事情是危险的，什么事情是安全的。不会往火上浇油，也不会把菜刀顶在自己的颈动脉上。

丽塔觉得战场也是一样。

拟态的攻击模式很单纯，和皮茨菲尔德的那群猪类似。人类往往瞄准一头拟态进行攻击，而拟态则不会这么做。它们像用扫把扫地一样，瞄准人类群体进行攻击。只要知道怎么避开扫把，不管它扫几次都不会得逞。它们不会放过任何一粒，只要有一粒没有扫干净就肯定会再扫一次。这便是拟态的战斗方式。

不是逃离危险，而是迎难而上，在死亡线上奔走，这是与拟态作战时的生存秘诀。

试试就知道了。

提问的人悻悻地离开了。

刚满 16 岁的丽塔，似乎有战斗的天赋。但比起这个，过去的她更希望自己有烙馅饼的才能。没想到上帝竟然如此爱开玩笑。也许是周日和父母去教会时总是打瞌睡这事儿被上帝发现了吧。

大家说特种部队是坏孩子的集团。据说里面的人都穷凶极恶，他们要么被处刑要么选择加入，迫不得已才在入队资料上签字。他们不把人命当回事，管你是拟态还是人类，拿起 20 毫米机枪就胡乱扫射。由于任务难度高，战死者不少，所以他们一直缺人。

进去之后才发现，里面都是身经百战的老兵。部队全体人员所得的勋章加起来差不多有奥运会举重项目的杠铃那么重。

无数次从生死关头闯过来的队员们一个个身强力壮，即使身处绝境也可以肆无忌惮地开玩笑。虽然开的玩笑基本都离不开那些粗鄙下流的话，这让丽塔甚是苦恼。不过，和传言截然相反，里面很多人都相当不错。丽塔很中意这支小队。

小队的领袖曾经是一位名叫阿瑟·亨德利克斯的中尉。他金发碧眼，有一位漂亮的妻子。他的妻子身材娇小，仿佛用力一抱就会折成两段。不管多么小的战斗，他都一定会在战斗开始前给妻子打电话。队员们常常以此取笑他。

在特种部队，不管是男人还是女人，都满嘴脏话。唯独他不一样，他从来不说脏话。一开始他把丽塔当妹妹般呵护，这让丽塔很生气，但也很感激。

卷入时间循环，是在入伍半年后。

后来使战场的女神丽塔·沃拉塔斯基的名字享誉世界的那场战斗，对于联合防疫军 US 来讲也是一次意义非凡的作战行动。大选近在眼前，希望能成功连任的总统迫切需要一场巨大的胜利使国民满意。

为了实现对佛罗里达半岛的完全控制，军方将所有的坦克、攻击直升机、超过 10 万名的装甲化步兵部队尽数投入了作战行动中。这是极度危险、鲁莽的行为，也是丽塔所经历过的最艰难的一次战斗。

特种部队里都是毫不畏惧的老兵。可是，仅靠一支部队并不能挽回令人绝望的不利战局。机甲只是增强了人的肌肉力量而已，并不能把人变成超人。100 多年前发生的第二次世界大战中，德国有一位凭一己之力击毁了 500 多辆坦克的王牌飞行员，可德国最终还是战败了。一旦参谋本部作出鲁莽的作战计划，行动失败的结局立马就注定了。

无数士兵死在机甲这一棺椁里，佛罗里达横尸遍野。

在比钢琴线还细的生死线上，丽塔·沃拉塔斯基历经千辛万苦终于活了下来。

打桩枪折了，不知道丢哪儿了。弹药所剩无几。20 毫米的机枪像是焊在了手上，根本无法放下。丽塔咬着牙，忍住恶心，从战友身上拔下电池，取走机枪。

“搞得挺狼狈啊。”

一个声音传来。

是亨德利克斯。

丽塔此时坐在一块凹地里。亨德利克斯在她身边坐下，抬头望向天空。身边不停有子弹飞过，带着尖锐的嘶鸣，黑烟缭绕。那天晚上，皮茨菲尔德硝烟四起的景象再次出现在脑海里。

丽塔沉默着。

喉咙干得咔咔作响，恐怕连口水都咽不下去了。

“我老妈跟我提到过，据说亚洲内陆的一些民族会拿动物的血泡茶喝。”

“……”

“他们是游牧民族，男女老少都擅长骑马。据说利用这种机动性，他们在中世纪几乎征服了整个亚欧大陆。欧洲当然也不可能一点事儿也没有。自东向西，一国接着一国，全部被攻下。茹毛饮血的异族成群结队地过来。可怕吧？有人说东欧地区盛传的吸血鬼传说，指的其实就是游牧民族。”

“……中尉？”

“怎么？这种稀奇古怪的话太无聊了是吗？”

“我没事了，中尉。对不起。”

“没什么对不起的。谁都有想歇口气的时候，尤其是长时间作战后。不过，很快就可以洗热水澡啦。我向你保证！”

小队长说着便赶去了下一位士兵那里。丽塔重新开始战斗。

接着，她看到了那个异质的敌人。

很难说哪里不一样。外观和一般的拟态差不多，像淹死的青蛙。不过，总感觉哪里不一样。也许是因为长期在生死之间徘徊，被锻炼到极限的第六感告诉了自己一般人难以看见的秘密。

杀了那家伙之后，时间的循环就开始了。

拟态的组织类似一张网，有一些个体相当于网络中心。其外观和一般的拟态毫无区别。就像一般人难以分清猪的不同长相一样，差别过于细微，只有丽塔能够分辨出来。身经百战之后，丽塔自然而然就掌握了这项能力。就算再怎么解释，其他人也注意不到。

藏木于林。

藏将于兵。

身为群体中心的那头拟态藏身于普通拟态之中，就暂时称其为拟态·中枢吧。

一旦中枢被杀，拟态网络就会发出某种信号。后来向学者咨询时，他们说是超光速粒子什么的，可以穿越时间。不过丽塔并不是很懂。总之，中枢被杀后，拟态发出的信号将穿越时间，给过去的自己提出危险警示。

这一警示相当于一种预告，它会被写入拟态的记忆中，使它们能够预知未来。收到预告的拟态将会采取行动，修正错误。这是外星生物经过漫长的进化后所发明的一种安全装置。它们将这一装置安装在自动机器上，防止历时漫长的行星改造计划因为某些变故而功亏一篑。

在通电状态下杀死拟态·中枢的话，人类也将享受到预告带来的好处——人类和拟态都将收到发送至过去的超光速粒子通信，而人类将以逼真的梦境这一形式收到预告。由于脑部容量比较小，人类的记忆甚至比拟态更加鲜明。

如果不先切断储存备份的网络然后再杀死中枢，人类将永远无法打败拟态。它们会无数次改变作战行动，选择最优的方式消灭人类。

一、破坏天线

二、消灭所有存有备份的拟态

三、在拟态·中枢完全无法给过去发送信号的状态下将其杀死

这是跳出循环进到未来所不可或缺的三个条件。意识到这一

点，丽塔经历了 201 次循环。

没有一个人相信她。在军队这一纯现实主义的集体中，类似时间循环这样荒谬的事情，任谁也不会相信。

丽塔终于摆脱循环来到明天，却被告知阿瑟·亨德利克斯已经死了。28000 名战死者中，也包括了他。

两天时间里，她独自调查战史，搜遍了网上关于拟态的所有资料，找到呆头呆脑的装备兵定制战斧，忘我地投入战斗。终于，丽塔活了下来，她摆脱循环，来到了未来。作战行动成功了，亨德利克斯的名字旁却写上了“KIA”三个字母。

丽塔醒悟了。

这就是战争。

只要发生战斗，就肯定会有人死。获得了时间循环能力的丽塔，也许可以在未来救下某个人。可是作为代价，总有另外一个人会死。不管死的是谁，死者都一定有父亲、母亲和朋友，也许还会有弟弟、妹妹、恋人与孩子。如果第 211 次循环可以再来一次，也许可以救下亨德利克斯。可是，另外一个家伙就将必死无疑。独自陷入循环的丽塔·沃拉塔斯基，必须选择一个人见死不救才可以进入明天。

战死的人们，都只不过是符合预期的兵力损耗中的一员。与个体所背负的纠葛、爱情以及恐惧没有丝毫关系。总有人会死掉，也总有人会活下来。一切都由名为概率的铁面死神所决定。

作战开始前，亨德利克斯打了电话，听到孩子出生的消息，他很开心，同时又因为贴在机甲内的照片被弄脏了而感到郁闷。虽然很想回去，可他还是选择了参加作战行动。

听了 212 次，丽塔已经能背下所有电话内容了。

因为立下战功，丽塔・沃拉塔斯基被授予了勋章。

瓦尔基里[1]卓砾击杀奖章，它属于单次作战中击杀过百的战士。后来听说是为丽塔专门设立的。那也合情合理，能在单次作战中歼灭 100 多头拟态，放眼全世界就只有她能做到。

将闪闪发亮的女神勋章戴到丽塔胸前时，总统大人对她赞不绝口，说她的功绩惊天地泣鬼神，说她就是美国的未来，等等。

那勋章是用兄弟的死换来的。

她没有流泪。

战神不会流泪。

5

丽塔离开了北美战场。

“战场的女武神”声名大噪，人们带着畏惧诉说着关于她的故事。

1　英文为“Valkyrie”，北欧神话中女武神的统称。

研究时间循环的特别工作队秘密成立了。对丽塔的身体进行多番折腾之后，白衣男子们说什么因为时间循环丽塔的脑部可能发生了变异，这就是头痛的原因之类的，总之报告书上没有得出任何结论。只要能把拟态从地球上驱除干净，自己的脑袋会怎么样根本不重要。会收到宇宙的奇怪信号也好，会头痛到裂成两半也好，都无所谓。

总统给予了丽塔在战场自由行动的特权，她变得沉默寡言，很少和部队的战友说话。勋章已经多到带不走了，她把它们全部锁在了纽约的租赁式储物柜里。

6

丽塔在欧洲战斗。

7

北非。

得知下一次作战行动在东洋岛国时，丽塔·沃拉塔斯基欣然接受。

白人和黑人的尸体她都看够了。就算是吃生鱼长大的东洋人，切开身体，流出来的应该也是红色的血吧？行动结束后，丽塔应该连他们的尸体也看腻了吧。

8

据说日本有一种传统职业叫鹈饲。

丽塔觉得，自己与军队的关系就像是鹈与鹈饲。

丽塔留在军队是为了活下去。消灭拟态，把它们带给鹈饲是她自己的工作。军队则负责保障自己的生活，秘密地处理妥当各种烦琐的事情。谁也离不开谁，谁也不欠谁。

她完全不想成为什么拯救世界的女神。不过，如果那是必需的，也没办法。绝望之下，为了提升士气，总要有小丑挺身而出去充当英雄。

日本的绝对防线濒临崩溃。一旦特牛岛被攻破，拟态大军将登陆日本的滨海工业地带。日本的工厂群拥有最先进的辊轧加工技术，一旦失去，联合防疫军的机甲性能将下降30%。这是联合防疫军整体面临的问题。

如果没人能切断拟态的超光速粒子通信，战斗将永远不会结束。当然，可以用压倒性的战斗力量逼迫拟态撤退。得知多次进攻都无法获胜，拟态便会选择撤退，将牺牲降到最低，但那并不是战败。它们会在人类无法干预的深海重新组织战力，强大到人类无法与之匹敌后便会卷土重来。

和拟态的战争，就像是与不取得胜利就不罢休的孩子玩游戏，一开始就胜负已定。就这样，人类的版图越来越小。

丽塔·沃拉塔斯基给自己立了一个规矩：同一时间段只循环一次。第一次战斗确认战友的伤亡情况，第二次战斗决出胜负。不管是什么样的作战行动，也不管阵亡的是谁，循环仅有一次。战友虽然无可替代，可丽塔还是决定将他们的生死交给残酷的死神。

战斗开始前，她以集中精神为由把自己关在房间里。她利用女武神的特权，要了一间谁也无法进入的单间。

特种部队的队员都心知肚明，作战行动开始前的 30 小时对于丽塔是一段特殊的时间。一般队员并不清楚时间循环一事，不过也都清楚女武神在作战前不想和别人主动说话。他们尊重丽塔的习惯，主动保持距离。但是，面对这个自己主动寻得的空间，丽塔却时而感到寂寥。

丽塔站在高塔上，眺望着波光粼粼的太平洋。

在这个被称为花线基地的前线基地，比丽塔所在之处还高的只有信号塔了。

一旦拟态登陆，这里无疑是个活靶子。就这样，一个不堪一击的地方竟然建成了士官专用的空中酒廊，不知道是该震惊还是该发笑。本土还没有受过侵略的国家，这一点是真的让人头痛。

日本这个国家还算和平。如果是离大陆再远一些的远海岛国，恐怕现在早就是一片荒漠了。而离大陆再近一些的话，拟态在入侵大陆前，则必定先登陆日本。日本的和平，是偶然的幸运。

士官专用的空中酒廊极为宽敞，里面什么也没有。空旷的海景甚至可以媲美一流酒店。里面放置着一张孤零零的重型折叠床，看起来格外滑稽。

丽塔打开开关。

置入液晶的防弹玻璃慢慢不再透明，隔绝了窗外的景色。

之所以选择士官专用的接待室作为自己日常起居的地方，是因为希望特种部队的战友尽量不要靠近。战斗行为作为一种本能已经深深植入男人们的身体，他们不会想在这种活靶子里多待一分钟。丽塔也不想。

一名不知道是技术人员还是什么的日本人告诉她，碳纤维炼制的玻璃，其强度和装甲车相当，非常安全。丽塔心想，既然对这个材料这么自信，干脆用到前线好了。

话说回来，在这里至少可以不用见到其他人。只要可以不和也许明天就会被自己弃之不顾的战友见面……

咣！轻轻的敲门声打断了丽塔的思绪。

入口处的玻璃门也置入了液晶，现在是不透明状态。

丽塔不悦地说："不是说了出战前30小时不要过来找我吗？"

"……"

门外传来异样的气息。像是被肉食动物逼得走投无路的小动物，又像是走夜路时遭到杀人魔追杀的少女……不好，是莎斯特。

丽塔按下开关，玻璃迅速变得透明，门外站着一位小个子的美国女性，是机甲维修主任莎斯特·蕾尔中尉。战场的女神丽塔不会因为对方军阶高就改变态度，不过，她并不讨厌这位对军阶没有自己高且年龄没有自己大的人也客客气气地使用敬语的中尉。

砰！

一头撞在玻璃上的莎斯特蹲在地上。

玻璃突然变成透明的，她可能以为是门开了，然后一头撞了上来。

她把手贴在脑门上（手上不知道拿着什么东西），如一只半死不活的蝉浑身抖动着。就这副样子，脑子却是非同寻常，丽塔每每对她目瞪口呆。

不过，也许天才就是这样的吧。丽塔虽然被誉为步兵中的战斗天才，但是对比其他人也并没有很大不同，最大的不同是注意力。不论什么时候，她脑子里都想着战斗的事。也许莎斯特也一样，她现在肯定满脑子都装着手中的那个不明物体。

丽塔把门打开一半。莎斯特一边扶正撞歪的眼镜一边站起。

“抱歉。不过有个东西无论如何希望能给你看看……真的非常抱歉。”

她说着低头致歉，结果又一头撞在了玻璃门上。这次撞在了门檐上。

砰！

“噫，啊、啊啊啊……”

莎斯特又蹲了下去。

“没事的……中尉随时都可以过来啊。我的机甲全靠你维修呢。”

莎斯特咻地站起，满脸泪花。

“啊！你刚刚又叫我中尉！请您不要这么叫我，直接叫我莎斯特就好了！”

“额、中尉……”

“莎斯特！啊啊啊！能不能像其他人那样随意一点呀？”

“好、好的，莎、莎斯特。”

“到！”

破涕为笑。

“所以……想给我看什么？”

“啊！对了，你看！发现了一个不得了的东西。”

莎斯特张开手心。丽塔仔细端详着这个躺在她小小的手掌中的奇怪物体。这个物体形状复杂，表面涂着一层红色涂料，尺寸比 9 毫米的手枪子弹大一圈。为了防止错拿，有时候会根据用途给弹头涂上不同颜色，但是一般不会连弹夹也一起上色。

丽塔把它拈了起来。

像人的形状。

“是吧是吧！特别精密吧？基地的人告诉我的，为了这个，我还特意去了一趟馆山呢！手头的钱基本都摇光了！”

“摇？”

“投币后摇的！先是咔嚓咔嚓咔嚓……然后……砰！箱子里的手办就出来了。”

“小孩子的玩具？”

“当然不是！正儿八经的大人的收藏，比较稀有的能卖 100 美元以上呢！”

“就这个？！”

“对！”

莎斯特郑重其事地点点头。

对着室内的白光，丽塔再次端详。仔细一看，手办竟然是一位身穿机甲的士兵。浑身通红，手持战斧，看样子应该是丽塔的机甲装束。

“造型非常精致，这个尾翼和真的简直一模一样。这明明是军事机密。”

“他们有专门的造型师。据说就算只有模糊的剪影也可以做得如假包换。原型尤其精致，在拍卖会上也能卖个好价钱。”

“可惜了这么好的才能。”

丽塔看了看底部。

脚底上刻着：MADE IN CHINA。

“嗯？中国竟然还做这个？”

“南方战线好像已经死了很多人，但是凭着雄厚的人力、物力，战线仍然勉强维持着。”

“我们国家也一样，一边打仗，一边还在拍电影。很荒唐吧。”

那倒也是，丽塔想。

联合防疫军之所以存在，就是为了保护这个大量生产无用之物的世界。对无用的东西倾注心血是一种美好，人类的这一特质很是招人喜欢。尤其是对于只会对付拟态的丽塔而言。

“还有好多呢！”

莎斯特从工作服的口袋里又掏了几个出来。

“这个是什么？长得像是亚马孙深山老林里的青蛙怪。”

“拟态。”

“不是说就算只有模糊的剪影也可以做得很逼真吗？”

“电影里的拟态就长这样，连身上的皱纹都一模一样，这就是手办！”

“那……这个呢？……”

“那是你呀。”

手办里的丽塔·沃拉塔斯基双腿修长，胸部丰满，披着一头金色卷发，在丽塔本人身上几乎找不到任何相似之处。这么说起来，当时为了塑造角色还是什么的，曾经安排丽塔和那位女演员见过一次。要说看起来像不像一名机甲兵，丽塔确实对自己也是存疑的，可被选为电影主人公的这位性感女郎不管怎么看都不像在前线征战的士兵。

比较一下丽塔和拟态，可能拟态的还原度确实高一些。

“这个，可以给我吗？”

丽塔把与自己毫无相似之处的手办拿在手里。

“欸？”

“我想，身上带一个好像也不错。”

那时莎斯特的表情简直令人目瞪口呆。

像是呼呼大睡时被主人一脚从床上蹬下来的猫，又像是留到最后一块不舍得吃的巧克力坚果太妃糖被亲爱的奶奶要走后拼命忍住不哭的5岁小孩儿。要是被人看到原来麻省理工的高才生是这个样子，明年入学的学生数量肯定一落千丈。

不对，丽塔突然转变了想法。

想进那些大学的都不是一般人，也许她这样的反而会造成油气炸弹般的杀伤力。

“开玩笑呢，别介意。”

“对不起！这个好像是最受欢迎的稀有款……我摇到最后才摇到一个……”

“花光身上的钱好不容易才摇到的东西，我不会拿走的，放心吧。”

“真的对不起……换一个可以吗？这个给你！这个也是稀有款哦。”

“这是什么？”

“电影里你的专用维修兵，也就是我。”

莎斯特嘿嘿笑了。

那是不折不扣的典型的女维修兵手办。身形消瘦，脸小小的，长着雀斑，一看学习成绩就很好。如果原型是一位一丝不苟的完美主义大龄姑娘，可能确实是这个样子，可真正的天才技术员实际上是一个脑袋不停往门上撞的人……

莎斯特微微低着头，眼睛却向上偷偷瞄了一眼丽塔。

“……不行吗？”

“真是一点儿也不像呢。”

“你不也一点儿不像吗……”

二人面面相觑。

“行吧，那我就当作护身符收下啦。”

之后，莎斯特又给她滔滔不绝地介绍了一些其他的手办，讲得正起劲的时候，另外一位访客来了。

那是个绝不会出现在电影里的人，他的立场反倒更像是拍电影的——粗大的脖子上挂着胶卷摄像机的拉尔夫·马道科。

“早啊，姑娘们。”

对于这位不速之客，丽塔扬起半边红褐色的眉毛，做出抗议的表情。

丽塔脸上风云突变，把莎斯特吓了一跳，这位身份不明的大块头记者也令她感到恐惧，稍作犹豫，莎斯特还是选择了躲在丽塔身后。

“你是怎么进来的？”

“我这次的身份本来就是你的随从，谁也不会拦我。”

“我知道了，你确实是我的随从。好，你可以回去了。”

丽塔不是很喜欢这个从来没直接上过战场的人。另外，因为他们不会死在战场上，所以丽塔可以放心地与他还有莎斯特交谈，不必惧怕在下一次行动中可能会对他们见死不救。恐惧使她无法面对那些情同手足的战友，而在这个鞋也不脱就贸然闯入别人房间的男人面前却可以安心交谈。这一矛盾让丽塔更加心烦意乱。

“我好不容易过来，不必这么无情吧？……掌握到一个很有意思的消息，想过来告诉你来着。”

“那真是太好了，赶紧发给《纽约时报》，让他们给你占领整个版面。”

“一件很有意思的事情马上就要发生了。”

“你说的有意思从来都很没意思。”

“日本部队要搞基础训练了。好像是惩罚，因为昨晚的事情……”

“回去吧。行动前没这个心情。”

“喂，你就不想见识见识日本部队的基础训练吗？那可不是普通的训练，听说是武士式的。反正要搞，不如让我们的女武神大人也瞧一瞧，发表一下感想。”

“你这个人好像没有良心，是出生的时候忘在娘胎里了吧？”

“没想到你居然会说出这么刻薄的话。”

马道科故意做出一副很惊讶的样子。

“太麻烦了，我只是不想在第二次的时候也这么说而已。”

“而且有时候还说一些莫名其妙的话。”

“彼此彼此。”

“行吧，没有良心也不过就是下地狱罢了。在印度尼西亚拍摄被一大群拟态追着边跑边哭的小孩儿照片时也被人这么骂过。”

“地狱就算了吧，好好发挥你的专业能力，多爆料一些撒旦的秘照，说不定能走个后门把你送上天堂。”

“真不知道你这算是嘲讽还是鼓励。”

女武神笑了笑。战况最焦灼的时候，在谁也看不见的头盔背后露出的那种笑容。

莎斯特愣在原地。马道科则不自觉地往后退。

丽塔开口："地狱是我去的地方，我可不想到了那里还得看见你这张脸。"

9

丽塔最后还是去看了基础训练。莎斯特没来，身边只有讨人嫌的记者。特种部队的战友和丽塔保持着一定的距离。

就是这个时候，她遭遇到了那个颇具挑衅意味的眼神。

那个男人一动不动地盯着她，眼睛里仿佛聚集了这个世界上所有恶毒的诅咒。被人投以敬畏、崇拜、恐惧的眼神，这些她早就习惯了。可是被一个素不相识的人用如此怀着深仇大恨的眼神盯着，这还是头一回。如果人的眼睛里能放出射线，丽塔肯定三秒之内就烧成了圣诞节的火鸡。

丽塔·沃拉塔斯基却对那个东洋男人产生了兴趣。她迈开脚步，走了过去。

她举步生风，那是身穿机甲进行战斗的最优步法。看起来毫不费劲，脚下却没有一点声音。要想百分百发挥出机甲的能力，就必须做出完美的重心移动，即使走在用鸡蛋铺成的路上鸡蛋也能完好无损。

男人一动不动地盯着丽塔。

走到男人面前，转个 90 度的弯，丽塔向着少佐的营帐走了过去。

形式性的敬礼。

少佐用诧异的眼神看向她。丽塔的军衔虽然是准尉，但因为她是联合防疫军 US 的人，事实上的力量关系有点微妙。

丽塔记得他。在毫无用处的招待会上，这位少佐就站在带头向丽塔请求握手的少将旁边。那些没上过前线就升官发财的人大概都这样，喜欢讲什么精神力量，专门搞一些哗众取宠的事情，看来他也一样。

丽塔沉默地站着。

少佐开口了："……有什么事吗？"

"请您允许我一起参加训练。"

"明天可是有作战任务。"

"他们也一样。我所属的部队没有做过这样的训练。我认为是否参加此次训练，对于能否在明天的联合作战中顺利合作至关重要。"

少佐似乎有所迟疑。他迅速瞄了一眼丽塔的眼睛，被看不见的气场压倒后快速转移视线。

在远处看热闹的特种部队战友吹响口哨喝起了倒彩。

"为了作战成功，请您务必同意。"

"嗯……嗯，好。"

“谢谢您的理解！”

丽塔来到那个男人旁边，做起了平板支撑。紧绷的空气中传来一股作为士兵一点也不可靠的肉体所散发出的热气。

士兵一动不动。

丽塔也纹丝不动。

高挂在天空的太阳毫不留情地散发着热气，把他们的皮肤烧得火辣辣的。丽塔压低音量，用只有男人能听到的声音说：“我脸上沾东西了吗？”

“没、没有……”

虽然口音有点奇怪，但男人的“高速英语”并不难懂。北非那些前法国殖民地的居民说的可要难懂多了。

为了各国军队间能顺利交流，人们削减单词数量，拼命去除语法上的异同，编就了“高速英语”。编制这门语言的时候，特意把男人们喜欢加在单词上的下流的定冠词从特定单词上去除了，可那帮无药可救的男人还是张嘴闭嘴说脏话。

“你刚刚一直在看我吧？”

“嗯……确实看了……”

“你似乎有话想和我说？”

“不是非得现在说。”

“那我等你到结束。”

“桐谷！干吗呢！背挺直！”

小队长破口大骂。丽塔·沃拉塔斯基一脸事不关己的样子继续做着平板支撑，俨然一副生下来到现在从来没和旁边这位士兵说过话的样子。

平板支撑比看起来痛苦多了。发际涌出的汗珠从太阳穴流下，经过脸颊，流过喉头，一路流入胸前。拼命忍耐瘙痒的感觉让人不禁想起穿上机甲后的感受。武士之魂果然不可小觑。

痛苦的时候就放飞思绪。丽塔的思绪从受到残酷对待叫苦连天的手臂中解放出来，感受着四周的情况。

突如其来的入侵者似乎让参谋本部的少佐不知所措了。

对于从未正式经历过战场的他而言，海风吹拂的练兵场也许就相当于战场了。血腥味、土腥味、金属燃烧的臭味，这几种味道混在一起，形成了战场的味道。没有呼吸过战场空气的人，并不能体会到：在战场上，战争正切切实实地进行着。能将和平的出击前日当作战场的，世界上明明只有一个人——被卷入时间循环中的丽塔·沃拉塔斯基。

她也曾幻想过会不会有一天出现一位与自己一样的人，甚至连见面时的暗语都设想过。那必须是只有丽塔才能听懂的话。只属于丽塔和那个人的，两个人的话。

有人被卷入时间循环的话，也就是说除了丽塔之外还有其他人也偶然消灭了拟态·中枢。就像丽塔将其他人抛在时间之轮的外面一样，那个人也一定抛开了她，独自面对着孤独吧。

虽然不能和对方共享同一个时间之轮，但丽塔可以给一些建议，他们可以共享孤独，她还可以告诉对方自己经过 211 次的反复战斗拼命找出来的摆脱循环的方法。

那个人肯定也会和丽塔一样，在迷茫中战斗，在战斗中逐渐成长为一名优秀的战士吧。

不过……

永远也不会有人说出那句话——冷静的内心早就看清了。

拟态的超光粒子通信技术是在漫长的进化过程中掌握的最终技术。借助这个技术，他们获得了成为宇宙霸主的权力。丽塔在佛罗里达收复战中卷入时间循环对于人类而言是绝无仅有的幸运。要是没有那一次偶然，人类可能早就被拟态消灭了。

越是战斗，越是被视为英雄，丽塔的孤独感就越是强烈。虽然已经从时间的循环中解脱，但她仍然觉得自己处于日复一日的循环之中。她的心中只有一个希望——人类的胜利。她期待着将敌人悉数消灭，这份无可救药的孤独烟消云散的那一天。丽塔·沃拉塔斯基持续战斗着。

战场是个好地方，可以什么也不用想。悲伤也好，昔日的欢笑也好，刺痛心底的回忆也好，只要钻进红色机甲里，通通可以忘掉。因为硝烟弥漫的战场是丽塔的主场……

一小时后，训练结束了。

被丽塔反将一军的少佐慌慌张张回了宿舍。

丽塔站起来的同时，旁边的男人也站了起来。

在强壮的机甲兵里，他的身高并不算突出。年龄不大，一身战服却穿得很老练。但由于衣服几乎是全新的，所以给人一种不协调的感觉。男人脸上洋溢着东洋人的微笑，这让他的年龄更加扑朔迷离。

左手手背上潦草地写着乱七八糟的阿拉伯数字：159。虽然不知道那意味着什么，但算得上是一个独特的习惯了。因为这个特点，他应该可以在丽塔的记忆中停留一段时间。在机甲成为标准装备之前，战场上曾用胶带把战士的血型贴在脚掌上，但从来没听说过哪个士兵会用记号笔在手背上做标记。

“找我有事吗？说吧。”

“额、嗯。”

“能快一点吗？我虽然不是个急性子，但是出击前一天有很多很多事情等着我做。”

“关于你的问题……”男人说。

说得委婉一点，他就像是刚出道的演员毫无感情地念着蹩脚的台词。

“日本的餐厅里，绿茶确实是免费的。”

浑然不觉中，铁面女王，久战沙场的女武神，19岁的丽塔，哭了出来。

第四章
杀手凯奇

1

“战斗开始了！都给我小心点！”

第 159 次的战斗开始了。

我——桐谷·凯奇，像往常一样，拽着缆绳冲了出去。机甲的多普勒雷达开到最大。

那家伙！

射击。

趴下。

子弹在头顶飞过。

“谁呀！冲那么前找死吗！”

小队长每次都这么说。

带着尖厉的声音，子弹开始往来交错。我拍落黏在头盔上的沙子。

看一眼法瑞尔。

他点点头。

这一次的今天，战斗将宣告结束。今天见死不救的话，不管是约那巴尔还是法瑞尔都将永远无法挽回。仅此一次，无法重来。和对死亡的恐惧截然不同，对未来的未知狠狠地抓挠着我的心脏。我恨不得当即扔下战斧和机枪，马上钻进被窝里。

不过，这才是常态。

我露出不屈的笑容。

世界本来就不会重来，大家都面临着同样的恐惧，都在以仅有一次的生命和敌人做生死搏击。

按照丽塔·沃拉塔斯基所说，我实际上并没有经历时间上的循环。说什么经历过 158 次战斗的我确实存在着，但是对于这个我而言，那并不是切实存在的我。痛苦也好，欢喜也好，悲伤也好，漏在机甲中的尿液也好，此刻都不存在。对于当时的我而言，那是确实存在的，但是对于现在的我而言，那无非是记忆中的碎片而已。

丽塔还说什么对于本人而言，经历以及对经历的记忆是一回事，不过她的话过于哲学，我并不太懂。搞不好丽塔本人也没有完全理解。

小时候看的漫画里有这样的情节：获得时光机的主人公穿越时间试图改变过去。我曾想过，如果过去改变了，从未来穿越到过去试图改变过去的主人公不就不存在了吗？可漫画上并没有对此作出像样的说明。

她说我相当于是在一边偷看到了拟态的梦境。在被丽塔救下的第一次行动中，我偶然地杀死了被称为中枢的拟态。从第 2 次到第 158 次，杀死拟态·中枢的都是丽塔，但是由于和我形成了电磁性的网络，所以卷入循环中的不是她而是我。

拟态的循环是一种改变未来使之对自己更加有利的能力。第二次的行动中，从约那巴尔身边擦肩而过的尖矛弹是冲我来的，从基地逃走的那次，路上遇到拟态也并非偶然。我一直都被拟态大军牢牢盯着。如果没有丽塔，我可能早就成了对方的下酒菜。

战斗还在持续，今天的战场也是一片混乱。

为了不被子弹打成马蜂窝，我滑进小队藏身的弹坑中。那是在距离作战开始位置向海岸方向 100 米的地方，是一个在昨晚的轰炸中被 GPS 制导炸弹炸出的碗形地坑。

一颗子弹打在脚下，掀起一层沙土。

"冲绳当时也是这样。"背靠在坑壁上的法瑞尔说。

打完一梭子弹的约那巴尔附和道：

"当时打得太激烈了。"

"当时被敌人包围，机枪的子弹也打光了，差一点儿完蛋。"

“太不吉利了。”

“不过……”

法瑞尔从掩体中探出身子。射击，隐蔽。

“虽然我脑子不灵光，不过我隐隐约约觉得，这次应该有戏！”

“见鬼了，你今天怎么这么乐观？那今晚搞不好天上要下炸弹哪。”

约那巴尔射击，隐蔽。

“约那巴尔，看好那边那个来搞笑的年轻人！由着他来的话，我看他是要在这儿跳起吉特巴来！”

“我才不会跳吉特巴呢！”

“你还真想跳啊，傻子！”

“你小子那个大斧头，要不我也去搞一个吧。”

“死了这条心吧！骨折了可没人管你！”

“你这是赤裸裸的歧视！歧视！咘……咘……”

“两点钟方向！敌影！”

“一整群，检查！”

“老子正在打仗呢！谁传这么大个文件过来！”

“烟、烟、烟、烟……啊……好想抽烟啊。”

“吵死了！给我打啊！啊！啊！”

小队长从掩护中探出身来，枪口指向那群拟态。子弹撕开空气。拟态没有停止突进。我握紧战斧。

突然，炸弹从天而降。

精密制导的激光制导炸弹击碎基岩，潜入地下，爆炸。整群拟态被埋在了基岩下。

漫天的尘土中，出现了一具深红的机甲。

砍！砍！转身，砍！活物一个不剩。

耳机里传来杂音。

“久等了。”

灰色迷彩装束的小队正中，出现了一位手握巨型战斧的机甲兵。金属红的装甲在阳光下熠熠生辉。

我轻轻招手。

“没有，我们也刚到。”

“喂、喂……什么情况？战场的女武神……？”

约那巴尔甚至忘了隐蔽，呆呆地望着深红色的机甲。怎么能当着本人的面叫人家女武神？不过也是情有可原，还是原谅他吧。要不是有头盔，他此刻的表情一定非常精彩。

丽塔对法瑞尔说：“这个队是谁领的？给我接一下，我有话要和他说。”

法瑞尔打开和小队长的通信频道。

“接上了。”

“我是丽塔·沃拉塔斯基，呼叫301师团装甲化步兵第12连队第3大队第17中队第3小队队长。长话短说，我要借调桐谷·凯奇，有问题吗？”

她没自报家门也没说自己的军阶。在部队这个阶级社会中，只要上级说了是卡其色，那么就算是乌鸦也是卡其色的。在这个体系里，唯有女武神丽塔打破了桎梏。第一次见面时将奄奄一息的我抱起的那个人，也不是联合防疫军 US 特种部队的沃拉塔斯基准尉，而是丽塔·沃拉塔斯基。

小队长用颤抖的声音回答 ：

“桐谷……额……如果是配合作战行动的话，我们有经验更加丰富的……”

“现在是丽塔·沃拉塔斯基在问你，同意还是不同意？”

“同、同意。”

“谢谢你的配合，完毕。军曹，也没问题吧？”

作为回应，法瑞尔耸了耸肩。

“那我去了，军曹。”

“你小子滚远点儿，少在我们队附近跳吉特巴。”

“吉特巴是什么黑话吗？”

“是一种说话艺术。”

“喂……凯奇，这到底怎……”

“前辈抱歉，我后面给你解释。”

“向 12 点钟方向突击。”

“嗯，好。”

“凯奇！看到小卖部记得给我带包烟吧。”

丽塔被尼乔的玩笑逗得哧哧地笑。

“你们队挺有意思的。准备好了吗？”

“请手下留情啊。”

“这个你得和拟态说。”

“……欸？你这算是，开玩笑？”

丽塔似乎点了点头。

拟态接二连三地从陷落的地基下冒出来。两名机甲兵突入敌群，视野瞬间被拟态填满。

奔跑。躲避。开火。

更换弹夹。

再次奔跑。呼吸。

找到拟态的藏身之地实行精密打击。爆炸，浓烟滚滚。不一会儿，黑色的尘土扬起。再过不久，一具具拟态被一轰而起。冲入爆炸中心地带连扫带砍，杀他个战斧见红，片甲不留。

哪怕是同一天的重复，战场也和日常大不相同。战斧挥动时，角度上一分一厘的偏差，都会造成拟态是生还是死的区别。活着的拟态下一秒就会对战友犬牙相向。于是战友死亡，战线崩溃，继而更多士兵殒命沙场。细节上一点点的不同都会以难以预料的方式影响战局。

无数拟态向我们逼近，多普勒雷达上白光点点。

他们的重量比完全武装的机甲士兵还重，要打穿表皮下的骨头必须用50毫米口径以上的穿甲弹。打倒一个拟态，通常需要一个分队10名机甲兵。摆好扇状阵形，不停开火直到弹药用尽，这才勉强能和拟态打个平手。

可是，丽塔·沃拉塔斯基根本不会停歇。

她轻松自然地挥动战斧砍杀拟态。移动脚步，挥动战斧砍杀下去……

那是我从未有过的感觉。

子弹带着死亡的气息在身边往来交错，与敌人的距离触手可及，情况险象环生，我却被一股安心的感觉所包围。

身边有可以托付后背的战友。曾紧紧束缚我的恐惧，被丽塔温暖的身体融化，化作了一股温柔的水流。虽然死亡如影随形，但是，可以绝对信任的人也近在咫尺。

通过模仿丽塔挥舞战斧的方式谋求生还之道的我，清楚她所有的习惯。

她先迈哪条腿。

怎么瞄准。

深陷包围时从哪个敌人开始突围。

什么时机出手，什么时候跑动。

这些全都写进了桐谷·凯奇的身体里。丽塔的移动方式能在有效规避危险的同时保持最高的屠杀效率。和她配合，只需要率先干掉对她而言效率最低的敌人就好了。我们两个虽然受到的训练完全不同,但身经百战之后练就的技术却像双胞胎般一模一样。

四个拟态同时袭来。

丽塔再神通广大也难以招架。挥舞斧头时的惯性，带着她的身体向旁边飘移。我伸出空着的那只手，轻轻推了她一把。丽塔有些吃惊，不过很快便明白了。

丽塔·沃拉塔斯基不愧是战斗的天才。5 分钟不到的时间里，她就习惯了我的配合。

无论什么时候，我的四肢总有一只是机动的，可以通过推动她的方式使她避开敌人的攻击——当她认识到这一情况后，便不再做出躲闪动作而是直接冲向下一个敌人。就算敌人的前肢逼近到眼前 10 厘米之处也毫不在意。

我们是有机结合的单元。视线的一隅永远放着对方，势不可当地大肆屠杀。不需要言语沟通，甚至不需要手势交流。进攻时的一举一动、迈出的每一个步伐，都毫无遗漏地传达着彼此的想法。

如果说在进化过程中，敌人掌握了穿越时间的能力，那么人类掌握的便是多样化的能力。善于维修机甲的人，长于战略和兵事的人，擅长提供后勤支援的人，以及纯粹精于战斗的人。人类能够根据环境和自身经历的变化多样化地改变自己。这是以提前预知危险的方式生存下来的敌人所放弃的能力。

所以……

善战的人类，将会成为战场的支配者。

顺着丽塔的习惯，两名机甲兵呈顺时针螺旋状迅速推进。

虽然一不留神便会化作一具悲惨的尸骸，但经过158次的浴火重生，我达到了地球生物穷尽一生也无法达到的高度。女武神丽塔则在更上一层。我们经过的地方，留下的只有遍地阵阵抽搐的尸骸。敌人和战友都被抛在了后头。

战斗开始的第42分钟。

我发现了那个家伙。造成时间循环的元凶，把我们两个系在一起的那根线——拟态·中枢。我战斗到吐血、五脏六腑散落一地、在无休无止的战场漂泊，全都是这家伙干的好事。但也因为这家伙，我遇见了丽塔·沃拉塔斯基。

“到关键时刻了，凯奇。中枢必须由你亲手了结。”

“嗯，我知道。”

“还记得怎么做吧？先破坏中枢的天线，然后找到并打倒存有备份的所有拟态，最后再杀死中枢。”

“这样就结束了？”

“想什么呢！之后就是没有循环的真正的战斗了！不消灭掉最后一头拟态，战斗永远不会结束。”

“是、是吗？原来是这样。”

防疫战是歼灭战。与灭敌三分就算全歼的现代战争相比，必须名副其实地全歼，消灭掉最后一头。打倒拟态·中枢后，战斗仍将继续。我们所能做的，是将部队从敌人制造的循环中解救出来。要想取得最后的胜利，还需要付出其他努力。而且，新的一天即将到来。在新的一天里，不管是我死了，还是丽塔死了，抑或是约那巴尔、法瑞尔、小队的战友，或者是第四中队的那个讨厌的家伙，不管谁死，时间都不会倒流。

丽塔形容打倒拟态·中枢的方法就像是开罐头。本身平平无奇，只要用起子打开就好。问题是在此之前，能撬开中枢的起子，只握在丽塔·沃拉塔斯基一个人手里。

地球的霸主们啊！恭喜你们！人类有了第二个手握起子的人——桐谷·凯奇。现在买一送一，买一个丽塔起子，还附赠一个！就像电视购物一样，一定会收到我这个赠品。

我们是成套商品，不单独出售。丽塔和我都是倔强的商人，不管谁怎么说我们都绝不会分开。好不容易找到和自己处于同一个时间之轮的人，怎么能轻易分开？我和丽塔将并肩作战，直到这场战争结束。

我把天线破坏掉。

“完毕！”

“备份破坏完毕！”

“上！”

举起战斧，迅速砍下——

我，在床上醒来。

我，狠狠地一拳砸在墙上。

我，拿起记号笔，在左手写上——160。

2

说一些明知道对方听了会哭的话，是极其难为情的。

如果说的时候周围还有一大群战友，那就更难为情了。要是约那巴尔·基恩在场的话，势必会尴尬到极点。可是，上次的我却说了一些装酷做作的话。真是恨不得现在就重说一次，可身陷时间的循环之中，却发现竟然少有能让丽塔立马心领神会的关键词……或许正常说明就好了吧？该死！我什么也想不起来。

我本不聪明的脑子，塞满了为什么没有摆脱循环的疑问——应该可以才对啊。明明按丽塔说的照办了，可桐谷·凯奇现在却处于第160次出击的前一天。

第一滨海练兵场的天空今天依旧清澈蔚蓝，上午10点的烈日毫不留情地刺到我们身上。基础训练刚刚结束，在脚下缩成一团的影子里还有没来得及蒸发干净的点点汗渍。

我的眼前站着完全不认识我的丽塔·沃拉塔斯基。她披着红褐色的头发，皮肤是士兵中难得一见的白皙。深棕色的眼睛一动不动地凝视着我。

“你似乎有话想和我说？”

时间到。还是没有找到新的措辞。

早知如此，不如在基础训练开始前就直接去找她。

没办法。

我重复了一遍上次的措辞，日本的绿茶如何如何。

不过我自觉比第一次表现要好……虽然我自己也认为算得上是不错的表现了……不，是我想这么认为，可是……唉。

泪水从铁面女王的脸颊滑过，在尖尖的下巴上汇聚。泪滴划过空气，落在我微微伸出的掌心，破碎了。刚结束运动的手本来就血脉偾张，接触到眼泪更像是被 20 毫米的装甲弹击中，火辣辣的。心脏扑通扑通的，简直像是初次告白时的高中生。行动开始的前一刻也从未如此紧张过。

丽塔紧紧地拽着我的衣角，因为过于使劲，指尖已经褪去了血色。战场上我对丽塔下一步的行动了如指掌，可在日常生活中，却对她一无所知。我的操作系统可以轻松躲过拟态 1000 次、2000 次的攻击,偏偏在关键时刻完全派不上用场。我呆呆地站着，她的手会不会摸到汗湿的地方？对于这些无关痛痒的细节，心里竟然认真地担心起来。

上一次，在丽塔恢复平静开口说话之前，桐谷·凯奇只是一动不动地愣在原地。

再重复十几次的话，也许这也会成为日常。也许我可以温柔地安慰哭泣的丽塔，极为自然地抱住她的肩膀吧？但这同时也意味着，好不容易邂逅的（女）人，我却不得不对她重复上演枯燥而单调的戏码。与其如此，我宁愿自己永远是一个只能愣在原地的木头人。

约那巴尔难以置信地看着我们，就像在动物园里发现了两只突然跳起华尔兹的熊，甚至连俏皮话也没顾得上说。要是平时遇到这种情况，他的嘴巴早就按捺不住了。老兵法瑞尔虽然礼貌地扭头回避，可视线一角还是牢牢地盯着我们。其他队员也大同小异，就连我也觉得自己像是跳起了华尔兹的熊。怎么老盯着呀！交头接耳干什么呢！再看可是要收门票了！

紧张的时候好像可以用手指比画“人”字消解？不对不对，那好像是面对大量观众的时候。是什么来着？在训练基地学过的，好像是说什么神经紧张到要崩裂的时候就想一些开心的事情？可现在这个就是开心的事情啊！应该在战场上想起来的开心的事情啊！可为什么场面这么窘迫呢？天哪，谁来救救我！都这个时候我就不计较了，神也行啊。

我一把握住丽塔的手腕，她似乎有点不知所措。

“我叫凯奇，桐谷·凯奇。”

“丽塔……沃拉塔斯基。”

“总之，初次见面……好像也不是。”

“你笑什么？”

“哈哈，你说呢？难道不是因为很开心吗？”

“奇怪的家伙。”

丽塔的表情有所缓和。

“两点钟方向突围，准备好了吗？”

扔下一脸茫然的男人们，我拉着丽塔跑了起来。和混凝土上沉积着的闷热的空气一起，我们穿过练兵场的金属网，跃入带着海潮味的凉风中。我们不停地奔跑，左边可以看到远处漫长的海岸线。海岸边立着对敌人毫无防御效果的铁丝网。铁丝网的另一边，是没有受到敌人污染的蓝色大海。海天相接处，巡逻艇拖着长长的白色尾巴和我们一样快速奔跑着。

男人们粗犷的声音渐渐消失了。

传进耳朵里的只有海浪的声音、军靴踩在混凝土地面的声音、我心脏剧烈跳动的声音以及丽塔·沃拉塔斯基的喘息……

我突然站住，和拉起丽塔突然跑开时一样。

来不及停下的丽塔迎面撞了上来，又是操作系统的误操作。我的脚朝着相反的方向，嗒，嗒。为了保持平衡，嗒，丽塔也一脚站稳。我们抱在一起。我的手环绕着她，她的手也环绕着我。

那是近乎于犯规的冲击。富有弹性的肌肉如同反作用装甲般，把我弹了回来。鼻腔还闻到一股好闻的味道。没有穿戴机甲的我，对空气中的化学物质没有任何防备。

“啊……对不起。”

先道歉的是丽塔。

“没、没事……是我突然停了下来。”

“不是，不好意思……”

“没事的。”

“不是，我想说，手是不是可以放开了？”

“抱歉！”

长时间的紧握已经在她手腕上留下了一圈红红的印迹。

“真是抱歉。”

一起商量战术，驰骋战场，我感觉自己和丽塔·沃拉塔斯基已经是十多年的老朋友了。然而在她眼中，桐谷·凯奇只是个刚认识的异乡人。在此之前，丽塔眼中的我不过是一个处于时间之轮外侧的灰色剪影。

背对背时的安稳感，只有我知道。视线交错时电流流过般的心有灵犀，也只有我一个人记得。对对方怀有近乎崇拜般的感情的，同样只有我一个。

入队前看的视频节目中，有一个恋人发生事故后丧失记忆的故事。主人公和我感受到的，是同一种寂寞。那是眼睁睁看着最爱的点心被风刮走的难以释怀。

“那个……额……”

“是为了照顾我才这么做的吧？”

“嗯……算是吧。”

“那就没事了，不过这块大空地是什么？”

丽塔环顾四周。

那是一个一面带刺铁丝网，其他三面围着金属网的地方。面积大概有 1 万平方米，水泥铺就的地面四处裂开，细细的杂草从缝隙中钻出来。海上吹来的风比第一滨海练兵场更加强劲，海潮的味道也更加浓重。

“……第三滨海练兵场。”

从一个练兵场逃出来又到了另外一个练兵场，我的脑子一定问题不小。长时间和法瑞尔待在一起，我似乎也被他传染，成了一个训练狂。

“真是一干二净什么也没有啊。”

“抱歉。”

“不用道歉，我挺喜欢这种空旷的地方。”

“那真是挺特别的……喜好。”

“哪有人会有这种喜好。因为我长大的地方也是个一干二净什么也没有的地方，不过那里没有海。”

“原来是这样。”

“四面环海的地方，天空往往清澈又好看。”

“你喜欢……天空吗？”

“与其说是喜欢天空，不如说是喜欢天空的颜色吧。”

“可你的机甲却是红色的？”

一阵沉默。

“皮茨菲尔德的天空比这里淡多了，就像是洗过蓝色画笔的水。甚至让人怀疑是不是地上的水都流到了天上，冲淡了天空的颜色。”

我看着丽塔。

她深棕色的眼睛也看着我。

“抱歉，忘了我刚才说的吧。”

“为什么？”

“不符合丽塔·沃拉塔斯基的风格。”

“不会啊。”

“会。”

“不会，不管听多少次都不觉得奇怪。”

丽塔顿时睁大眼睛。一瞬间，温和的表情下，战场的女武神那犀利的眼神又回来了。

“你说什么？”

“我说，不管听多少次都不觉得奇怪。”

不知为何，她似乎松了一口气，然后把手伸到额头摆弄着红褐色的头发。在指尖的缝隙中若隐若现的眸子，闪烁着此前从未有过的光亮。她神情复杂，像是紧绷的心弦突然松开，又像是撒谎的少女在母亲面前坦白了一切。

“怎么了？”

“没事。”

“我不是故意嘲弄你，我也想说，只是……不知道什么时候说才好……”

“上一次的循环里我们说过类似的话吧？而且只有你记得。”

“对……抱歉。”

“我没有生气，你不必道歉。”

“那你刚刚……”

“告诉我接下来会发生什么。”

“事情非常复杂，我也有很多地方没弄明白，还要找你重新详细了解一下摆脱循环的方法……”

“我问的是接下来会发生什么。”

“你在开玩笑吗？”

“我是认真的。”

“所以，你是真的想知道接下来会发生什么？”

“我还是第一次问别人未来会发生什么事情，比自己卷入循环有意思多了。”

“一点意思也没有。”

“丽塔·沃拉塔斯基说有意思就是有意思。至今为止都是我一个人在努力，接下来轮到你受折磨了，这不明摆着的吗？”

“服了你了。”

“凯奇，快，别兜着。”

“虽然时间还早，不过我们要去食堂，你一定想吃日本菜吧。”

我们一起走向吃了159次的第二食堂。

食堂里闹哄哄的。

角落里，一群家伙正在比试谁三分钟里能做最多的俯卧撑。

还有些家伙在较劲，看谁能喝下更多橙汁与芥末酱的混合液体。

最里面的地方，一帮家伙弹着班卓琴，没心没肺地唱着不知道是70多年前流行过的民谣还是动漫的主题曲。最开始那好像是电波宗教的反战歌曲，不过，心思细腻的家伙是不会进联合防疫军这种地方来的。因其旋律简单，所以在部队也广受欢迎。

加入联合军吧……加入吧……加入吧……

眼前是看过159次的光景。活在循环世界中的我，根本感觉不到世界正发生着各种各样的事情。为了即将到来的实战以及每天的训练，我在黑白无声的食堂机械地把味同嚼蜡的饭菜默默地送进嘴巴里。

即使作战成功，在座的人当中，也总有人无法生还。失败的话，死的人就更多了。大家对此都心知肚明。装甲化步兵就是把弹药塞进袋子里给敌人送去杀戮的圣诞老人，所以大家才会像圣诞前夜般，在仅此一次的作战前日尽情享乐。

丽塔·沃拉塔斯基坐在我面前，吃着第160次午饭。

酸梅干也是第160个。

当然，这些我都不会告诉她。

“这是什么？”

“把梅子放在太阳下晾干后腌制成的食物。”

“是什么味道？”

“食物和实战一样，都得自己亲身体验才行。”

用筷子戳了两三下后，她终于下定决心将酸梅干放入口中。犹如被超重量级拳击手一拳击中腹部般，丽塔蜷曲着身体，背部微微抽动。

“好吃吗？”

丽塔低着头，嘴巴还在咀嚼。

白皙的喉咙动了动。

吐出什么东西。

果核在餐盘上滚动。丽塔擦了擦嘴巴，惊魂未定地喘息着。

“一……一点儿也不酸。”

逞强。

“这个食堂里的还好。因为全国各地的人都有，所以不会是特别酸的梅干。”

我从自己的餐盘夹起一粒酸梅干，放入口中，故意做出慢慢品尝的样子。酸得我舌头都已经打了结，硬是装作一点也不酸的样子。

“真好吃啊。”

丽塔一脸严肃地站了起来。

她抛下瞠目结舌的我风风火火地穿过挤满男人的过道，走向配餐窗口。

窗口边，人高马大仿佛伸手就能碰到天花板的“大猩猩”以及肤色健康的美女正在谈笑风生。就是上次一拳砸在我下巴上的第四中队的那个家伙。可能是看到自己正在谈论的对象突然冲自己走了过来，“大猩猩”和瑞秋都显得有点惊慌失措。

丽塔响亮的声音说：

“我叫丽塔·沃拉塔斯基，请给我一些梅子晾干后做的那个东西。”

“……你是说酸梅干吗？”

“对。”

“啊，好，好的。”

瑞秋拿出小碟子，准备从塑料大桶里把酸梅干盛出来。

“直接给我吧。”

“嗯？”

“你左手抱着的那个。对，就是那个，直接给我。”

“额……这个是酸梅干。给你日式泡菜，好吗？”

“不行吗？”

“可以是可以……”

“谢谢配合。”

丽塔抱着战利品回来了。

咚！丽塔把塑料大桶放在桌子正中。

桶的直径至少有 30 厘米，如果装满水的话，甚至可以淹死不慎掉落其中的小猫。现在里面结结实实地塞着大半桶红通通的酸梅干。那可是要喂给两千个男人的批发装酸梅干，光是看见这场面，舌根就酸得直痒痒。

丽塔从里面选出一粒，放入口中。

嚼一嚼，吞下，吐出。果核在餐盘上滚动。

“一点儿也不酸！”

眼角带着泪痕。

她猛地推了一把塑料桶，好像在说：到你了！

我尽量选了一个小的放入口中。

吃果肉，吐核。

“我也一点儿都不酸。”

事关尊严的比赛。谁怕谁！

丽塔手上的筷子轻轻抖动着，慢慢塞入桶中。夹了两次没有夹起来，她索性用筷子戳起一粒，送进嘴里。果肉上的酸梅汁滴落在餐盘上，留下淡红的印迹。

我们身边慢慢聚集了一群看热闹的家伙。一开始屏息敛声的男人们，随着桌上的核越来越多，他们也越来越按捺不住。

桌子上的果核犹如盛夏的冰啤酒瓶，逐渐堆成了一座骇人的小山。

我们每吃入一粒，身边的看客就发出一声欢呼。第 4 中队的那家伙也在，和上次打架时俨然换了个人，笑得乐不可支。瑞秋站在人群外，脸上带着分不清是开心还是犯愁的复杂微笑。

节奏怎么越来越慢了，赶紧吃啊！要是输了可饶不了你！你做梦呢？我们女王大人怎么可能会输！快吃啊！有没有人门口放个风！闲杂人等禁止入内！我出十块押男的赢！二十块押女的赢！这家伙竟然趁乱把我的炸大虾吃了……

温暖、喧哗却又令人舒适的空间包围着我们。这是处于无尽循环之中的我未曾理解的羁绊。拥有了无法替代的明天之后，我终于意识到当下这些再普通不过的日常竟是如此珍贵。我第一次感觉到，把自己置身于喧哗之中竟然如此令人舒适。

最后，批发装大桶里的酸梅干，竟然被我们全都吃光了。

吃下最后一个的是丽塔。我认为我们是平手，但是丽塔坚持表示，是自己先吃的，所以赢的是她。我表示抗议。丽塔脸上浮出一抹浅浅的笑容：那再来一桶？我无从判断她的笑容是因为真的还能再吃还是说酸东西吃得太多脑子已经不清醒了。咚！第 4 中队的“黑猩猩”把塞满了红色恶魔果实的塑料桶放在桌子上。

当时，我只觉得自己从脚指尖到腰部附近，已经被酸梅干塞得满满当当的了。我举起了白旗。

在那之后，我对丽塔说了好多话。说到嘴碎的约那巴尔、训练狂军曹法瑞尔，以及把我们视为死敌的第 4 中队。丽塔也对我说了很多上次的今天没来得及说完的话。战场外的女武神脸上会露出好看的羞怯笑容。她的指尖带着机油、酸梅干以及淡淡的咖啡味。

像是发生了神奇的化学反应，第 160 回的今天，我和丽塔的关系急速升温。

约那巴尔·基恩伍长不是在架子床的上铺，而是在地板上迎来了第二天的太阳。

3

对于我来讲，睡眠并不是休息。

要么是被拟态杀死，要么是在战斗中突然失去了意识。醒来之后什么也没有。意识毫无征兆地切换，刚刚还扣着扳机的食指，醒来后就夹在书本结尾前的四分之一处。躺在经久耐用的铁架床上，听广播员带着动漫嗓播送天气预报。“全国各地天气晴朗，下午需注意紫外线防护”，每一个字都像是刻在了我的耳膜上。

主持人开口说“全”字的时候，我拿起记号笔，说到“各地”时，我把数字写在左手，提到“紫外线”的时候，我已经跳下床走向了仓库。这就是第一天的开始。

作战前夜的睡眠无非是训练的延展。反正我的身体不会积攒疲劳，能积攒的只有反反复复的记忆以及掌握的技能。我躺在床上，在脑中模拟白天所学的动作，将其一一刻入小脑，力求能够做到上个循环里没能做到的事情，打倒没能打倒的敌人，拯救未能救起的战友。而且，我肯定会遇到梦魇。

这一天也一样，在身体苏醒的瞬间，意识马上就进入了战斗模式。

我躺着确认身上每一块肌肉的情况。就像起飞前认真确认战机每一个按键的飞行员，我一处一处地检查身体的所有部位，连一个小拇指也不放过。接下来，我即将穿上握力强达 370 公斤的兵器。

以屁股为支点旋转 90 度，下床，睁眼。

大意了！

眼前的景象和以往并不一样，下半身是比基尼女孩儿的首相不见了。反应过来的时候已经晚了，跟随惯性移动的身体一脚踏空，我从床上滚了下来，头部狠狠地砸在瓷砖地板上。我终于知道这是哪儿了。

阳光透过防弹设计的夹层玻璃照进宽敞的室内。空气净化器吹出的人工空气包裹着趴在地上的我。前线基地的噪声被厚厚的墙壁以及玻璃完全阻隔了。

空中酒廊。

在钢铁以及卡其色不燃材料建成的基地里，这是唯一一个有像样内饰的地方。本来是士官专用的会议室兼接待室，据说防弹玻璃外的内房地区夜景美不胜收，就算是收钱也有人愿意来看。

用来欣赏风景固然不错，但是这个地方怎么看都不适合生活。恐怕只有总喜欢往高处爬的山羊，或者是故意想避开所有人的人才会来。还听说仅限士官进出的那个地方的上面一层，有一个约那巴尔追女孩儿时专用的秘密基地之类的地方。

从这里眺望大海，能清楚地看到弯曲的海平线。清晨的内房，笼罩在朦胧的海雾中。海浪相互撞击形成好看的三角形，折腾起一片泡沫，很快又消失不见。前方有一座小岛，现在已经成了拟态的巢穴。

一片海蓝之中似乎出现了一块鲜艳的绿。我眨了眨眼睛。

原来只是波光在闪烁。

“看来睡得很香啊。”

是丽塔的声音。

我躺在地板上慢悠悠地抬起头。

“感觉得有一年了吧。”

“什么？”

“正儿八经地睡着,然后醒来。睡觉原来是这么快乐的事情。”

“你应该能理解吧？”

丽塔挥挥手像是在说：理解理解。

今早的女武神看起来比昨天冷静了不少。往常锐利的眼神在清晨的冷光中添了几分温柔。在阳光的照射下，红褐色的头发笼罩在一片橙色的光晕中。她一脸无奈地看着我，表情犹如开悟的僧侣般平静祥和，美丽动人。

光彩照人的景象突然出现在眼前，我眯起眼，像是直视着太阳。

“对了，这是什么味道？”

空气净化器过滤后的清洁空气中飘动着一股说不上来的奇妙的香气粒子。作为食物香气太过刺激，作为香水的味道，又过于让人有食欲。我实在不知道是什么味道。

“鼻子不错嘛，刚开袋就闻到了。”

“陌生的臭气可能会损伤机甲的过滤层，需要时刻注意。在训练基地的时候学过……不过，这都是战场上的事。”

“居然有人把食物的香味和毒气战混为一谈……怎么样？味道不错吧？”

“额……有点怪异。”

“真没礼貌，亏我还想给你冲杯咖啡呢。”

丽塔露出生气的神情。

“这是咖啡的味道？”

“对啊。”

“你不会是在报复我吧？”

“人工种植的咖啡树上采下来的咖啡豆，经过烘焙就会发出这种香味。你没喝过吗？”

“代用品的话倒是每天都喝。”

“萃取后味道更强烈呢。”

没想到这个世界上竟然还有天然的咖啡豆。不对，我知道咖啡豆这个东西还存在，但是没想到有人还留着喝天然咖啡豆的习惯。

一般情况下我们所说的咖啡饮料，是用代用的豆子加上合成香料制成的。代用咖啡粉，味道没有丽塔磨的豆子重，也没有冲击鼻子和喉咙一带的那种莫名的刺激。要说天然咖啡的香味处于代用咖啡的延展线上，倒也不是不能理解。不过香味经过鼻腔时所带来的冲击，二者简直是天壤之别，几乎等于 9 毫米口径手枪和 120 毫米口径坦克炮之间的差距。

“会不会特别贵？”

“我不是跟你说过，来这里之前我曾经被分配到北非战线吗？这是被解救的村民送的谢礼。”

“真不错。”

“身为女王大人也不全是坏事。”

玻璃桌上放着手摇式的咖啡机。我之前曾在古董商店见到过，肯定没错。旁边有一个陶器做成的漏斗状物体，上面铺着一块已经染成了褐色的布。虽然没有把握，不过看起来是要把磨好的豆子放入布的中间部位。

桌子上还赫然放着一个部队分配的野战用便携式煤气炉以及一只军用汤锅。汤锅里的透明液体已经沸腾，咕嘟咕嘟地冒着热气。另外还有一只凹凸不平的马克杯和一只崭新的马克杯。桌子的边缘有一个装着深棕色豆子的拉链袋。

丽塔的私人物品好像特别少。桌脚旁放着被称为水手袋的帆布旅行袋，形状像是拳击用的沙包。看遍偌大的房子，再没有其他行李。拿出咖啡用具之后，丽塔的水手袋完全瘪了下去。身为士兵，随时要做好接受命令奔赴天涯海角的准备，所以只允许携带最低限度的行李。即便如此，丽塔的行李也比一般士兵少。带着手摇式咖啡机满世界跑，或许她本来就和普通人不一样。

“你也可以在床上等着。”

“挺有意思的，我看看吧。”

“那我现在磨豆子。”

丽塔摇动咖啡机的手柄，伴随着咯吱咯吱的声音，玻璃桌开始震动。红褐色的头发快乐地左右摇摆。

“这场战争结束后，我请你喝最棒的绿茶作为回礼吧。”

“我听说绿茶的产地在中国？”

“如果说他们是元祖的话，那我们就相当于是嫡传后代吧。虽然听说自古就不对外出口，谁知道呢——”

“餐厅会免费送，是吧？”

“对。”

“这场战争结束后……”

丽塔的声音带着些许寂寥。

“没问题的，这场战争一定会结束的。因为有你，还有我。”

“对。有你在，一定会结束的。”

丽塔取出磨好的咖啡豆，把它摊在铺好了布块的漏斗状物体上。

“先要让它蒸一下，这一步特别关键。”

“是吗？”

“有这一步和没这一步味道完全不同……这是以前教我的老爷爷说的，我也不知道为什么。”

丽塔把沸腾后稍微冷却了几分的开水浇在上面，开水浇下的地方咕咕地冒着乳白色的气泡。混合着苦味、酸味以及甜味的独特味道升腾起来，填满了玻璃桌周围的空间。

“还觉得怪异吗？”

“不会，特别好闻的香味。”

丽塔画着圈慢慢倒水。深棕色的液体一点一点地滴入钢制马克杯中。

就在这时，穿过厚厚的墙壁和防弹玻璃，突然响起一个震耳欲聋的声音。

瞬间，瓷砖地板开始剧烈晃动。

那是锐利的撞击声，不像是玻璃破碎的声音，更接近于把电话簿用力摔向地面的声音。防弹玻璃上出现了蜘蛛网状的裂痕，裂缝中渗出黑青色的液晶。裂缝中心是一粒沙黄色的尖矛弹，是拟态这种生物所用的子弹。

我们平着地板交换视线。

在感觉到晃动的一瞬间，我和丽塔就马上趴了下来。

不一会儿，基地所有的警报都响了。窗外腾起三股浓烟，近海已经染成了鲜艳的绿色。

“突、突袭？怎么回事……”

我的声音颤抖着，身体可能也是。在前159回的记忆里，完全没有突袭这回事。和拟态的战斗是联合防疫军登陆特牛岛之后才开始的。

第二颗、第三颗相继袭来，整个窗沿向内弯曲，苦苦支撑着。玻璃上已经布满了裂痕，被切割成碎片的视野中，闪烁着支离破碎的光亮。

丽塔站起来，把手中的汤锅缓缓放回便携式煤气炉上，熟练地关上火。

“这个玻璃，强度不错嘛。看来牛不是白吹的。”

“出击……不，得先联系军曹……对了！机甲！”

“先冷静下来吧。”

“可是！为什么？”

“拟态进行循环的目的是获得胜利，拥有循环记忆的不是只有你一个。”

“难道是因为上次的失败？……”

“它们应该是做出判断，认为只有这个办法才能打倒我们，仅此而已。”

“可是，基地……它们到底是怎么直接……”

“在伊利诺伊，它们可是沿着河流一路逆流而上来到了内陆。它们原本是海栖动物。所以，就算突破了陆上警戒网也不奇怪。”

“话是这么说。”

“这些事情就留着让制定战略的士官们去研究好了。对于我们来讲，不过是战斗的地点由特牛岛转移到了这里而已。”

丽塔向我伸手。

借着她的力量，我也站了起来。丽塔的手指根部因操作机甲而布满了老茧。刚刚握着汤锅的手掌比我的身体更加温暖。随着丽塔的体温传到身上，我心中的恐惧和紧张也慢慢开始融化。

“机甲兵的工作就是打倒眼前的敌人，不对吗？”

“嗯……对。”

“先去美军仓库，等我穿上机甲，拿上两个人的武器，随后我掩护你移动到日军仓库，明白吗？”

“明白！”

“然后我们要找出中枢，把它消灭掉。这次一定要结束循环，把剩下的敌人一网打尽。”

身体停止了颤抖。

铁面女王露出不屈的微笑。

“看来没时间喝咖啡了。”

“你说……能在咖啡冷掉之前干掉它们吗？”

“你小子总是自我膨胀。”

“抱歉。”

“不过，重新加温的咖啡味道确实会大打折扣。不仅仅是味道大打折扣，天然咖啡这东西，放上三天就发霉了。在非洲的时候搞砸过一次，肠子都悔青了。”

“好喝吗？”

“说什么鬼话？！”

“你喝过吗？没喝过？那说不定很好喝呢？”

“你就等着喝了发霉的咖啡拉肚子去吧。我们走！”

扔下刚冲好的咖啡，丽塔转身离开。

我们正准备离开空中酒廊时，有一个人用小小的身体撞开大门冲了进来。她将一头黑发扎成马尾辫，垂在脑后左右摇晃，她是有着美国土著血统的莎斯特·蕾尔。

“敌军突袭！敌军突袭！突袭、突袭！”她气喘吁吁地说。

她头上系着白色的羽冠，正是电影中印第安酋长头上戴的那种，脸上抹着红白线条。

丽塔后退一步，看了一眼这位以一流成绩从麻省理工毕业的高智商精英。

“其他……部落入侵？”

“不是！是敌军！敌军！啊，也就是拟态！”

“战斗的时候，你就穿成这样？”

“啊，这……特别奇怪吗？”

“我不愿对别人的习俗以及宗教说三道四，不过说实话，你可能搞错时代了，搞错了两百多年。”

“才、才不是！我都说了不要了，昨天晚上闹腾的时候他们非得给我弄！丽塔不在的时候他们老是这样！”

看来她也挺不容易的。

“你来干吗？”

“啊，对！你的武器不在仓库，在维修部。我就是来告诉你……”

“了解，真是辛苦你了。”

“好，好的。那你也小心点。”

"你打算怎么办？"

"我在实战中一点用也没有，打算放弃无畏的抵抗找个地方躲起来。运气好兴许还能活下来。"

"那你就留在我的这个房间吧。墙壁和玻璃都比看上去牢固，尖矛弹似乎打不穿。"

"可以吗？"

"可以，因为我也有件事情要拜托你。"

"什么？"

"我，或者这个男人回来之前，不要让任何人进入这个房间。"

听丽塔这么说，莎斯特似乎终于注意到了站在身边的东洋男人。她眨了眨那双眼镜后的黑眼睛，认真地凝视着我。在这个循环里，我和莎斯特·蕾尔还没有认识。

"啊、额……你是……"

"桐谷·凯奇，你好。"

"我再啰唆一句，任何人都不行。就算是总统来了也要赶出去，明白吗？"

"明白！"

"那就拜托你了。然后……"

"什么？"

"谢谢你的护身符，我会好好保管的。"

这时，头脑简单的我脑子里想的全是即将展开的最后一场战斗，并没有想过丽塔为什么会如此啰唆地反复交代这件事情。

我和丽塔匆匆赶往仓库。

4

从相对较远的空中酒廊赶到仓库的时候，US 特种部队已经以仓库为中心建起了牢固的防御阵地。

丽塔用两分钟穿戴好机甲，然后用 1 分 45 秒跑到维修部。在去第 17 部队仓库的路上消灭两头拟态，用了 6 分 15 秒。从空中酒廊出来已经过去了 12 分 30 秒。

前线基地一片混乱。

战火四起，好几辆车侧翻在路中央。兵营四处弥漫着淡淡的硝烟，视野模糊不清。对拟态只能算是隔靴搔痒的机枪发出的嗒嗒声，以及震耳欲聋的火箭筒的爆炸声交织在一起。姗姗来迟的攻击型直升机才刚出现就受到尖矛弹的集中攻击，螺旋桨中弹，旋转着从空中坠落下来。

人们四处逃窜，不知道在哪里才算安全。因为敌军突袭，指挥系统一片混乱。已经到了三种不妙情况中最不妙的那种——极其不妙以致无计可施。

一路上几乎没有看到拟态的尸骸。基地内驻扎的一万多名机甲兵也不见了踪迹。尸体倒是见到了几具，全都残缺不全。

仓库前 30 米左右的地方也躺着一具尸体。

那个男人俯卧在地上，腹部血肉模糊，双手紧紧地攥着杂志。蒙了一层沙土的纸上印着一位笑盈盈的泳装女优。看到女优丰满的胸部后我顿时想起，那正是和约那巴尔在宿舍瞎聊时隔壁床铺的男人手里的杂志。

他叫尼乔。

“临死前看的居然是这个……”

“凯奇，我想你应该知道……”

“我知道。已经没有循环了，不管死的是谁……我知道。”

“没有时间了，走吧！”

“嗯，走吧。这简直就是虐杀！”

仓库的门开着，上面有铁棍撬开的痕迹。

丽塔把一只手上的战斧插入地面，从后背卸下 20 毫米机枪。

“5 分钟。”

“3 分钟就够了。”

我冲了进去。

仓库是一个纵深的长方形房间，两侧的墙上挂满了机甲。每个小队一个房间，一面墙可以挂满 25 件。

仓库内的空气带着一股潮气，淤积不散。也许是因为电力不足，内置在墙上的电灯毫无规律地明明灭灭。看样子几乎所有的机甲都还挂在墙壁的挂钩上，室内飘荡着一股浓密的血腥味。

房间中央有一大摊血迹。血液已经渗入水泥，成了黑乎乎的一汪血池。池子里伸出两条红线，向着反方向的入口延伸。

应该是某人受伤后被战友拖走的痕迹。地上的两条红线说明搬运的工具和人手都不够，所以不得不采取拖动伤员的方式。这摊血如果是从一个人身上流出来的话，要是没有输血，这个人现在应该已经阵亡了。

没有人，也没有拟态，周围的活物只有我自己。

地板上散落着几具机甲，宛如人形生物蜕下的壳。

你可以把机甲想象成后背带有拉链的金属人偶，卸下的时候便会挂在墙上，空出一个供穿戴者进出的入口。

机甲会读取穿戴者的肌肉电流，成倍提高穿戴者的力量，属于完全的定制产品，不是随便穿一套就可以的。随便穿的话，轻则无法活动，重则导致骨折，总之没什么好结果。这是训练基地毕业的人都懂的常识。地上散落的机甲意味着有人被逼到了绝境，明知不可以却还是不得不穿上他人的机甲。

也许这就是从地狱中爬出来的 US 特种部队和 JP 特种部队之间的区别。

我叹了口气。

打开机甲开关。穿戴前的 37 个检查项目，省去其中的 26 个，我开始脱衣服。

就在这时，血迹所指的出口处出现一个影子。是没有丽塔镇守的那个门！我的神经立刻紧张起来。距离不到 20 米，以拟态的移动速度，用不着一秒。尖矛弹更快。

赤手空拳能杀死拟态吗？不能。能避开吗？能。拟态的速度虽然比穿上机甲的人还快，但很容易预测。躲开攻击，让它撞到墙上，抓住珍贵的几秒钟快速跑向丽塔，这应该可以做到。右脚顺时针旋转，左脚逆时针，身体不由自主地动了起来。

脑部终于识别出映在瞳孔上的影子。

是约那巴尔！他的下半身沾满了血迹，额头上的血痕看起来像是某种蹩脚的先锋派涂鸦。

他神色紧张，表情僵硬，脸上勉强挤出淡淡的笑容，朝我跑了过来。

“凯奇！总算见到你了！到处都没看到你，还以为你怎么了呢！”

“前辈也没事吧？太好了。”

终止躲避程序。我取出内胆，胡乱扒下身上的衣服。

约那巴尔神情紧张又一脸疑惑地看着我。

“你小子！干吗呢这是？”

“你没看到吗？穿机甲啊！”

“你脑子进水了吗？现在还穿什么机甲！”

“机甲兵不穿机甲还能干吗？”

“不还有其他选择吗？什么战术性撤退啊、找一个安全的地方躲起来啊、逃跑啊。”

“US 部队已经展开行动了，我们也得赶紧加入防守阵营！”

“他们不一样！别管他们了！不抓紧时间的话，待会儿我们也逃不掉了！”

“我们都逃走了，谁来战斗呢？”

“说什么呢？你是认真的？”

“不然我们辛辛苦苦训练为了什么？”

“不管怎样，这个基地都已经完了！”

“只要有丽塔和我在，肯定不会的。”

内胆已经穿好。穿好内胆进入机甲后，机甲会自动贴合全身。

约那巴尔抓住我的手腕，内胆折起几条皱纹。我皱了皱眉。

“别傻了。战场不会需要任何人，我不管你是出于正义感还是什么，犯不着去送死吧？我们是普通人，和特种部队的那帮家伙不一样，和法瑞尔大叔也不一样。”

“我不是觉得战场需要我。”我甩开约那巴尔的手，说，“是我需要战场。”

“你、凯奇……脑子没问题吧？”

“我只是适应了而已。”

而且，烟雾弥漫的战场上，还有丽塔·沃拉塔斯基。

我穿上了机甲。视野切换，马达发出轰鸣，约那巴尔的脸成了头盔上的影像。4 分钟过去了。

“那我不管你了！”

作为甩下来的最后一句话，稍微少了些气势。我忽略约那巴尔的声音，跑出仓库。

除了我和丽塔，其他穿着装甲的士兵也出现了。平视显示器上零零散散地有了一些我方标识。两到三个人为一组，他们隐蔽在宿舍或是报废的坦克后坚持着发散性的攻击。

拟态的突袭大获成功。我方士兵几乎丧失了组织能力，虽然身穿机甲，可丝毫没有团队行动的迹象，相当于一群乌合之众。对付拟态，需要装甲兵小队呈扇形散开埋伏，对着拟态统一开火。一对一或者一对二是没有胜算的。

平视显示器上，战友的标识增增减减，数量没有减少的只有 US 特种部队。拟态的标识并没有减少的迹象。通信系统多半是杂音，加上少数的叫骂声，一个指令也没听见。继续这么下去的话，约那巴尔的话要不了多久就会成为现实。

“怎么办？”

“机甲兵负责收拾拟态。”

“可是……”

“跟着我，我教你。”

突入敌阵。

丽塔·沃拉塔斯基把自己的深红机甲当作一面旗帜带领着我。

我们赶到孤立无援的战友身边，不由分说地把他带走，归置在同一个地方。然后再下一个，不断重复。

直到什么时候？

直到全歼拟态！

战场女神在整个花线基地往来穿梭，给每一名将士送去福音。日本部队虽然第一次和丽塔联合作战，但只要看到身穿红色机甲的丽塔，就能重新燃起濒临消失的自信与斗志。不管在哪个战场，丽塔所在的地方总是一片枪林弹雨。

只要穿上机甲，丽塔·沃拉塔斯基就是无敌的。小跟班凯奇虽然还算不上无敌，但对比拟态也毫不逊色。

人类的敌人啊，就让我来告诉你：

你们闯入的，是怎样一个人间炼狱！

踢倒，开火，从尸体身上夺取能量包以及弹药，我们不停地跳着吉特巴。遇到碍手的建筑物就用战斧毫不留情地将其粉碎，把燃料仓库和拟态一起炸飞，折弯信号塔，建立防御工事。战场的女武神与她的骑士毫不留情地散播着死亡。

着火的坦克旁，发现没来得及逃走的人和拟态。领会到丽塔的意思，我负责砍杀。丽塔闯入飞散的传导流沙与男人之间，男人没有任何防护，一旦吸入流沙就危险了。

丽塔站在倒下的男人身边观察周围的情况。坦克吐着滚滚的浓烟，视野很差。6 点钟方向距离 10 米的地方横亘着一座铁塔。

平视显示器上满屏皆是敌人的白点，这里也即将涌来大量拟态。

男人被侧翻的坦克夹住了腿。

那是一个大块头，脖子比我的粗了整整一圈，上面挂着一台胶卷摄像机。是我被基础训练折磨的时候站在丽塔旁边咔嚓咔嚓拍个不停的那位美国记者。

“这可真是个相遇的好地方呢。”丽塔说。

她蹲下身，认真地查看男人的腿。

记者尴尬地撇了撇沾满烟灰和油污的嘴角。

“刚刚真是一个好角度啊，沃拉塔斯基准尉。要是拍下来的话，普利策奖就拿定了。没想到被爆炸卷了进来。”

“你这算是走运呢还是不走运……”

“在鬼门关见到了女神，还不错。”

“你的腿被装甲板夹住了，很难马上拆开。”

“有哪些选项？”

“在这里躺着按快门直到拟态过来把你一脚踩扁，舍弃一条腿被送往急救室，二选一。”

“喂！丽塔！”

“你最多有一分钟时间决定，拟态大军马上就过来了。”

男人咽了一口气。

“可以问个问题吗？”

“什么？”

“如果活下来……你觉得我能拍到稍微有用点的照片吗？”

“我答应你了。”

铁面女王挥下战斧。

战斗开始两小时后，JP 部队和 US 特种部队会合。在东边的太阳爬到头顶的时候，终于形成了一条勉强的战线。战况惨烈，但好歹没有全军覆没，还有很多人活着、行动着、战斗着。

我们四处奔走在化作战场的前线基地。

5

形成的战线横亘在花线基地中央，面向海岸线形成一个凸出的半圆。圆弧防御阵地的中央部分是敌方压力最大的点，由 US 特种部队镇守。顽强的男人们堆起土壤，藏身在碎石之后，将口水、骂声与子弹喷向敌人。

如果在 US 特种部队所在地点与远方的特牛岛之间画一条线的话，第三滨海练兵场刚好在线上，那是拟态最初登陆的地方。本身性质接近于工程器械的拟态不会用伪装等复杂的战术。敌军的薄弱点就在其数量最多、防御最强的地方。

击碎地基深入地心后爆炸的导弹也好，会分裂成几千颗小型炸弹的炸弹也好，放出汽化燃料将周围烧得寸草不生的炸弹也好，或者是通过核分裂将一切化为灰烬的炸弹也好，人类制造的所有称得上是暴力艺术的大规模杀伤性武器全都对拟态不起任何作用。要想打败拟态，必须像拆定时炸弹一样，遵循严格的程序。否则它们便可以发动时间循环，卷土重来。

手握战斧的红色机甲与灰色机甲后背紧紧贴合，互相保护着对方的软肋。他们穿过枪林弹雨，砍倒拟态，钢质防滑钉在地上留下密密麻麻的钢印，向着敌军核心进击。

为了避免发生循环，首先要破坏天线和备份，切断拟态与过去的通信。

第 159 回的时候，我明明完美地完成了所有步骤，丽塔应该也没有失误，可不知道为什么还是卷入了循环里。虽然第 160 次循环中，我和丽塔的关系更加亲密了，这是不幸中的万幸，但是作为代价，基地受到的打击也很大。甚至连非战斗人员也受到了波及，死伤者不在少数。

丽塔好像有什么对策。她比我经历了更多的循环，可能已经知道了些什么。我本以为自己已经是一个像模像样的老兵了，但是在丽塔面前，也不过是一只小菜鸟。

我们到了第三练兵场。

那是一个一面带刺铁丝网，其他三面围着金属网的一无所有的地方。现在，带刺铁丝网已经被连根拔起，通向基地中心的金属网也倒在地上。承受不住拟态重量的水泥地面早已千疮百孔，土层赤裸裸地翻了出来。开始西斜的太阳借着影子在地面画出复杂的图案。海风的强度和昨天相差无几，空气中的海腥味已经被过滤层消除得一干二净了。

我很快就找到了那家伙，丽塔也一样。也许是有什么信号吧，我和丽塔轻而易举就能找到拟态·中枢。

“还记得怎么做吧？”

“我先破坏中枢的天线，然后你找到储存备份的拟态，打倒，最后干掉中枢，直到最后一头。”

“无法和支援部队取得联系，没有空中支援。”

“我从来没有。”

“那，走吧！”

1万平方米的空地上，乌泱泱的全是拟态。我们手握战斧，一头也不放过。

前进。

到了。

短小的四肢和一条尾巴，拟态的样子，不管什么时候看都像是直立的死青蛙。不管是中枢还是客体，全都一个样。感觉上的差异只有我和丽塔才分得清。

它们会吞噬土壤，经过它们体内排泄出来的土壤会变成对地球生物有害的物质。生态系统遭到破坏的土地会逐渐荒漠化，海洋则会变成混浊的绿色。创造它们的外星智慧生物，不仅拥有穿越星海的能力，还有穿越时间发送信息的能力。它们企图把花草树木、虫鱼鸟兽以及乌泱泱的人类所赖以生息的地球环境改造成一个适合自己居住的地方。

这次，我们势必要消灭拟态·中枢。否则，这场战争将没完没了地一直持续下去。

我借助惯性挥动战斧，把天线破坏。

“成功！”我喊道。

就在这时，我感到背后有一股杀气。

身体下意识地做出反应。战场上的我，将肉体操作完全从桐谷·凯奇的意识中解放出来，全权交给冷静、正确、周密的“操作系统”。

脚下的水泥裂成两半，灰色粉末喷涌而出。右脚反射性地跳起。攻击者不在视线之内。来不及挥起沉重的战斧了！

抬脚，伸手，移动重心。躲避行动结束好一会儿，神经回路才闪过一阵战栗。如果背后的装甲板与神经联通的话现在估计已经咔嚓咔嚓地站了起来。

我用尽全力将战斧头部的突出部分猛地推了出去。只要用法得当，这个部分有着不逊于打桩枪的威力。以 370 公斤的握力呈直角方向发出的攻击，足以贯穿除了坦克前装甲之外的任何物质。

弹开了。

一个影子从视野之外冲了过来，没时间躲了。

我屏住呼吸准备迎接冲击。来了！嘭！身体飘在空中翻滚，地面—空中—地面—空中—地面，我迅速站起，举起战斧准备接敌。

呈单脚站立的姿势，一名金属红的机甲兵出现在眼前。

踢我的是丽塔·沃拉塔斯基。不知道是因为我没有注意到敌人的攻击，还是我影响了她的行动。“怎么回事？……”

红色机甲下蹲，接着冲了过来。

战斧的斧刃化作一条条闪着白光的线条。

对方是认真的！我全身心投入战斗中。经过 159 次实战历练的精密机器顺利开始工作。第一回合，横扫，以毫厘之差勉强躲过。第二回合，下砍，用战斧的手柄撇开。没想到拟态也来凑热闹，我一脚将它踢开。在第三回合到来之前，我高高跃起，与它拉开距离。终于可以喘一口气了。

停下来之后，我才反应过来自己刚刚把丽塔当成了敌人，不禁震惊不已。

“到底怎么回事？！”

丽塔·沃拉塔斯基单手提着巨大的战斧，一步步朝我走来。

她停了下来。

混杂着严重的杂音，丽塔的声音传了过来——与战场极不相称的高亢的声音。

“……就是这么回事。”

“什么意思啊？！”

“人类以梦境的形式接收拟态的信号，脑部就相当于接收天线。经过多次循环之后，人脑最终也会具备与拟态天线相同的性质，变质的过程会引发偏头痛。你应该也有印象吧？”

“所以呢？”

“上一次，备份被破坏之后循环却没有结束，就是这个原因。只要桐谷·凯奇这个备份天线还在，丽塔·沃拉塔斯基就永远不能摆脱循环。”

“丽塔……你在说什么……”

“反过来也一样。只要丽塔·沃拉塔斯基这个备份天线还在，你就永远出不去。我们两个，只有一个能出去。”

我脑子里一团糨糊。

被卷入无尽循环的新兵，见到驰骋战场的女神，于是把她当成自己的榜样，希望有一天自己也能像她那么强。无数次死去，又无数次得到女武神的指引复活，最后终于成为能与她比肩的人。他们一起战斗，一起笑，一起吃午饭，他们互相戏谑。但是，现在却要硬生生地把他们拆开，不管他曾经多么努力。

160次的循环使我成为一名强大的战士，也即将把我们推向死亡。

她开口说道：“人类要想在这场战斗中获胜，一定需要有人切断拟态的循环。”

“等等……”

“我们现在就要决定这个人是丽塔·沃拉塔斯基，还是桐谷·凯奇。”

丽塔攻了过来。

我扔掉机枪，握紧战斧。面对战场的女武神，根本没工夫慢悠悠地瞄准射击。

我们一边战斗一边穿过基地。

从第三滨海练兵场到第一滨海练兵场，脚踩着基础训练时少佐休息的帐篷残骸狂奔，经过烧毁的第 17 中队宿舍，在仓库前用战斧火拼。撇开，避开，再次奔跑。

战斗中的机甲兵无一不暂时停火，眼睁睁地看着我们。虽然不能看到他们头盔后的表情，不过可以想象：一定是一脸的难以置信吧。那当然，我自己也难以置信。哪怕是对自己的行动有所怀疑，身体还是自主地做出反应，以最合理的动作避开攻击。

逼近 US 特种部队的防御阵地时，抬头显示仪闪起了绿光，是给丽塔的。和她连在一起的我也自动听到了。

“主饲养员呼叫瘟神。”

是一个男人的声音。丽塔的移动速度多少慢了些。我趁机拉开距离。

“据点附近压制成功。你好像很忙，需要搭把手吗？”

“不用。”丽塔简短地回答。

“还有其他要吩咐的吗？”

“叫 JP 部队也不要插手，否则别怪我不客气。”

“主饲养员收到，祝你好运。”

信号断了。我喊道：

“喂！等等！就挂了吗？！喂！”

无人应答。

红色机甲追了上来。

没工夫说话了，我专心躲避。

我不确定丽塔是认真的还是只是在试探我。

在战斗中，我只是一个精密的机器，从不思考其他一切与战斗无关的事情。丽塔现在应该也没有思考复杂问题的余力。化身为杀戮机器的女武神，她的攻击无疑是认真的。

右边是两军共用的大门，为了骗取战斧而进入美军辖区时曾路过这里。之前的步哨哨位，现在已经成了特种部队的防御阵地。

丽塔完全不管周围的情况，专心致志地挥着战斧。

不能把战友卷进来，得朝防御阵地的反方向去。

在前方 100 米的地方，我看到了第二食堂。受到尖矛弹的攻击，外墙已经破败不堪，可是竟然奇迹般地没有倒塌。那里离防御阵地也够远。我一口气跑了过去，从后门进入。

食堂里面光线昏暗。桌子侧翻在地，对面的路口已经被高高堆起的乱石封起。混凝土地板上四处散落着桌子侧翻时滚落的调味料以及酱油瓶。活人和死人都没看到。

这是我无数次看着丽塔的背影吃饭的地方，是和第4中队的“大猩猩”互殴的地方，是把酸梅干塞进肚子里互不相让的地方。现在，我们却手握战斧，在这里进行性命攸关的交锋。

橙色的光线透过西墙上的弹孔照射进来。看了一眼显示器一角的时间，我稍稍有些吃惊。距离战斗开始已经过去8个小时了，现在已经算得上是傍晚了，难怪身体如此沉重。作为一名士兵，我的身体条件并不出众，一旦电池耗完，几乎一无是处。即将进入此前从未经历过的漫长的战斗。

红色机甲滑了进来。

我接下横向一击，机甲的骨骼嘎吱作响。看来不能正面接招，调节器产生的力量会给机甲本身带来一定的破坏性。

于是，不得不再次对丽塔的战斗才能感到敬畏。战斗天才丽塔·沃拉塔斯基已经开始预判我的闪躲模式了。

战斗状态下的行为近乎于无意识的动作。因此，一旦被对方看破就极难招架。在我准备前进时，丽塔已经先我半步迂回，给出重重一击。

我接下。

我往里踏出一步，避开战斧可以伤人的突出部分。反射神经干得漂亮，勉强避开了要害。装甲就没那么幸运了，左肩上的装甲飞了出去。显示屏上亮起一片红色的警报。

紧接着一脚踢过来。

躲不开。

我被一脚踢飞。

装甲摩擦着水泥地面，火花四射。我滚了一圈后一把撞到柜台上，筷子雨点般纷纷坠落。

丽塔已经开始了下一步行动。我几乎没有等待身体恢复的时间。头、脖子、胸部、腹部、右肩、右手、右脚、左手、左脚，确认，没问题，还能战斗。

我放下战斧，利用 370 公斤的握力将手指嵌入建筑物，用一个翻上的动作将其翻到柜台后。

丽塔一击打碎柜台，碎片四处飞散。

我跳上灶台。

灶台上设有巨大的钢质水槽以及大火力燃气炉，靠墙放置着能完整容下一头小猪的炖锅和平底锅，各种塑料食器高高堆起。没有来得及吃的早餐已经冷却，装在餐盘上寂寞地排成排。

我一边后退一边把锅扔向丽塔，没有理会纷纷坠落的食材。命中了。完全不起作用。

丽塔挥动战斧。从灶台上劈下，将其一分为二，埋有钢筋骨架的水泥柱被打了个粉碎。

继续后退——后背抵到墙壁，蹲下。战斧横扫过来，把墙上肌肉男的脸划开两半。扫堂腿，丽塔轻快地跳开。我没有减小旋转的力量，而是顺着惯性滚回即将崩塌的柜台。那里有我扔下的战斧。

重新捡起曾经放手的武器，也就意味着应战。如果不用的话，根本不需要捡。可是，一直躲下去也不是办法。面对全力以赴的丽塔，根本躲不开。受到一连串的攻击，机甲的输出功率已经降到了极限。是时候拿定主意了。

有一件事，我无论如何也不能忘记——已经是很久以前的事情了。为了摆脱循环，我曾下定决心无论如何也要完成这件事情。

手套下的左手手背，用记号笔写着数字“160”。这件事情是当这个数字还是“5”的时候决定的。我下定决心要把世界上最强的战斗技术带进下一关，这是独属于我一个人的秘密。丽塔也好，约那巴尔也好，每次陪我训练的法瑞尔也好——他们都不知道。

对方是一直陪伴在身边的朋友，所以我不怕死。就算被丽塔杀掉，也根本无所谓。我的命本来就是她救的。与其吸着救命恩人的血苟活下去，在这里死掉也不算太糟。

可是，我曾在弹坑遍地的岛上被击穿了胸膛、打飞了内脏，也曾呕着血，拾起断臂艰难狂奔。现在放手的话，循环便会消失，犹如枪口的硝烟，犹如爆炸后的滚滚浓烟，这些过去也将消失得无影无踪。只留存在我记忆中的159次战斗，将变得毫无意义。

我可以接受竭尽全力之后的败北，但绝不接受心不在焉的死亡。

现在，丽塔可能，不，绝对和我想的一样。她的心事我可以理解。我们可是在这个世界上经历过该死的循环的唯一的两个人哪。就像桐谷·凯奇曾在特牛岛苟延残喘那样，丽塔·沃拉塔斯基也曾在美洲大陆的某个战场九死一生。

我活下来的话，独一无二的她就得死；她活下来的话，我就得死。这个残酷至极的问题，再怎么绞尽脑汁也不会有两全其美的答案，总有一个人要死。所以，丽塔选择把答案交给实力，而不是语言。

所以——

对于丽塔斧刃上的拷问，我，必须全力以赴。

拿起战斧。

跑到食堂中央，转身面对丽塔。

巧合的是，那里恰好是和丽塔比赛吃酸梅干的地方。才过去一天而已，却感觉分外怀念。那场比赛最后赢的也是丽塔。对于与胜负有关的一切，丽塔·沃拉塔斯基都有着无与伦比的天赋。

深红的机甲兵看准站在原地的我，一步一步，慢慢靠近。

只有一斧的距离时，她停住了，拿起战斧。

食堂外，拟态与人类的战斗仍在持续。食堂里，除了我和丽塔没有任何可以发出声音的活物，尖锐的战斗声不断从外部传来。

轰炸声如大鼓，炮弹撕裂空气的声音如清笛，机关炮如小鼓，而我们则把碳化钨的铙钹敲得震天响。

两把战斧交织在一起。摇摇欲坠的食堂里，没有了起哄暖场的男人们，只有叠起的桌子和倒下的椅子当看客。伴随着每一声宣告死亡的音乐，深红机甲和灰色机甲与死神翩翩起舞。

顺着丽塔的习惯，我们呈螺旋状移动，防滑钉在水泥地面上绘下螺旋状的图案。身上穿着集合了人类智慧的机甲，脚下踏着最精准的步伐，我们手握千年前的古老武器，激烈交锋。

战斧的刃已经满目疮痍，机甲也已千疮百孔。电池的剩余电量几近干涸，身体运动全靠精神支撑。

一个巨大的爆炸声。

二人同时向后后退。

下一回合，将是无法避开的致命一击。我很清楚。

我没有思考该如何应对，边思考边行动是训练时做的事。经过 159 次的实战积累，我的身体早就能够无意识地自主行动了。

丽塔把战斧高高举过头顶。

我从下方横砍予以应对。

两张巨大的斧刃相互交错，劈开了战甲。

我与丽塔只有一个地方不同。

丽塔独自总结出了一套对付拟态的战术。

而我则是学着丽塔一步步成长起来的。

什么时候举起战斧，下一步什么时候迈出，全都刻在桐谷·凯奇的操作系统中。丽塔下一步要做什么，我再清楚不过。

所以，丽塔的攻击仅仅从我身边擦过，我却打碎了她的机甲。

丽塔·沃拉塔斯基一动不动地站立着，深红机甲开了一个大洞。

“丽塔！”

她的战斧剧烈地颤抖着。机甲误把肌肉的痉挛识别成了操作信号。碳化钨手柄撞击装甲，发出咔嚓咔嚓的刺耳声响。机甲的裂缝向外卷起，渗出分不清是血还是油的黏滑液体。那景象似曾相识，我更害怕了。

深红机甲伸手摸了摸肩头的按钮，是接触式通信。耳边传来女性的声音。

“……你赢了，桐谷·凯奇。你……很强。”

深红机甲依靠在我身上。丽塔声音沙哑，听上去极其痛苦。

“丽塔！你在说……”

“我很早就知道了。自从我感受到拟态的电波后……战争总归要结束。”

“可是……欸？”

“我就决定了，脱离循环的是你。”

丽塔咳嗽不止。麦克风传来汩汩的声音。

我全懂了。

从昨天见面的那一刻开始，丽塔就做好了赴死的准备。我对她的想法一无所知，还误以为会有希望，结果白白浪费了能拯救丽塔的唯一一天时间。

“对不起啊……我什么也不懂……”

“不必道歉，是你赢了。”

“赢了……为什么要这么做？为什么不干脆让它一直循环下去。只要时间不往前走，我们就能一直在一起，永远在一起，甚至比人的一生还长。就算每天都有战争那又怎样？只要我们在一起，就算有几千头、几万头拟态又怎样？有丽塔·沃拉塔斯基和桐谷·凯奇在，一切都可以克服。”

“永远留在同一天？那你每天早上醒来都要面对一个陌生的丽塔·沃拉塔斯基。”

“那也没关系！”

深红机甲摇摇头。

“没有别的办法了，必须在你的脑子恶化成我这样之前结束这个循环。你快去吧，去结束这该死的一切。”

“不，不能以牺牲你为代价……”

“我所认识的桐谷·凯奇可不会因为一时冲动就把人类陷于危险之中。”

“丽塔……”

“没时间了，有话就快说吧。”

深红机甲慢慢瘫软。

我说："我喜欢你，你……你，就让我陪你到最后吧。"

"谢谢，一个人真的很害怕。"

她的脸在头盔后，看不清是什么表情。

幸好，看不到她的眼泪。如果看到的话，我也许就破坏了我们的约定，重复了那致命的一天。丽塔包裹在一片红光之中。金属红的机甲在夕阳下更加红亮耀眼。

"真是一场漫长的战斗……已经到了太阳落山的时候了。"

"夕阳红，很美的颜色。"

"真是个多愁善感的家伙。"

丽塔笑了，我通过声音感觉到。

"红色的天空，最讨厌了。"

女武神留下了最后一句话。

6

天空亮得刺眼。

丽塔·沃拉塔斯基死后，我杀死拟态·中枢，把所有敌人赶尽杀绝后被关进了禁闭室——罪名好像是违反工作规定。

他们说我无视长官命令擅自行动，使友军陷入了危险之中。长官也好，士官也罢，当时身边根本没有一个人发出过命令。不过算了，都无所谓了。围绕女武神丽塔·沃拉塔斯基的牺牲应该由谁负责，司令部也没少吵架。

三天禁闭结束后，紧接着召开了军法会议。结果是无罪，不仅如此，好像还要给我发勋章。

“你的表现非常优秀。”——胡子少将神情复杂，像是同时吃下了上百只臭屁虫。就是那位在已经消失的世界里，把我们中队拉去做基础训练的少将。一股脑儿的脏话到嘴边，我还是咽了下去。丽塔的死是我的责任，和少将无关。

瓦尔基里卓砾击杀奖章，这个荣誉属于单次作战中击杀过百的战士，是为一位特别的机甲战士专门设立的勋章，也是活着的人能获得的最高级别的勋章。再往上，只有战死者才有资格获得，比如丽塔。

实际上，我的杀敌数量十分骇人。单看这一次的话，甚至远超丽塔·沃拉塔斯基。打倒拟态·中枢之后的事情记不大清楚了，不过据说入侵花线基地的拟态，近半数都被我送进了那个世界。

前线基地的重建工作紧锣密鼓地进行着。第 17 中队的宿舍被焚毁了，悬疑小说也化成了灰烬，我还没来得及看到结局。接下来该去哪儿，我一点儿主意也没有。

我迷迷糊糊地走在人们往来忙碌的前线基地。

“拿了勋章的英雄就是不一样啊，把战友打伤了连个招呼都不打吗？！”一个熟悉的声音传来。

刚回头，一个大拳头就扑面而来。

我感觉到左腿已经不由自主地开始了行动。没时间考虑，我所能做的，无非是决定是否按下反击键而已。只要按下潜藏在意识深处的反击键，160 次循环所积累的条件反射就会像工厂的机器人一样自动驱动肉体。

把重心放到已经迈出的左腿上，使对方的拳头从肩头擦过，随着右腿迈下，一边锁住对方的手肘一边用自己的手肘攻击对方。动作一气呵成。在脑子里模拟了一遍之后，我得出结论：虽然不知道对方是谁，但是他的肋骨一定会粉碎。于是作罢，决定老老实实受他一拳。至少，对方的拳头只会在我脸上留下一块乌青而已。

打中了。

好痛啊。

我顺着惯性后退几步，一屁股坐在地上。结结实实地挨了一拳。退伍之后至少可以去当个沙包混口饭吃。

“我不管你是天才还是什么，少在这儿给我装！”

“住手！”

那人还准备出手，可是被拦下了。

我抬头。

是约那巴尔。

拦下约那巴尔的，是一位女孩儿，身上穿着机甲兵专用的衬衫，脖子上吊着一条三角巾，固定住左手，灰色衬衫外的白色三角巾格外亮眼。她应该就是约那巴尔的女朋友了。约那巴尔和她的女朋友能活下来，我很高兴。

她看我的眼神是我至今从未见过的，就像是看着与自己同处一笼的黑棕熊，或者是遇到了一头锁链断开的狮子，总之不像是见到了同类。

“你横什么横！真让人火大！”

“住手！”

“走！”

不等我站起，约那巴尔就走了。

我慢慢地站起来，拍了拍灰尘。

下巴上不算太痛。和丽塔在我心里留下的痛苦相比，根本不值一提。

“挨揍了？”

是法瑞尔的声音。

他依旧眉头紧缩，像是在额头上装了一层附加装甲。

“您看见了？”

“抱歉，没来得及阻拦。”

“没关系。”

“原谅他吧。朋友死了，心里有点恼火。”

“我看到尼乔的尸体了。”

“我们小队死了 10 个，据说基地总共死了不下 3000 个，准确的数字还没有出来。第二食堂的那个，叫什么来着，那个很好看的姑娘，也死了。”

“……是吗？”

“虽然不是你造成的，不过也难怪他火气大。”

“……”

“话说，你小子，好像还踢了他女朋友？”

“还？”

“还。”

也就是说，我在战场还踢了法瑞尔。糟糕的是，我一点儿也不记得了。看来，战场上的桐谷·凯奇相当暴躁。

约那巴尔女朋友的伤，也许也是我踢的。穿上机甲后，肌肉力量增强，如果对方没有练过，可能一脚下去内脏就破损了。约那巴尔的愤怒肯定是因为对女友的担心。

好好珍惜这份担心吧，我想，希望他们可以带着担心从战场上一直活下去。也许他已经不把我当朋友了，可我依然认为，约那巴尔是我的朋友。

“对不起。”

“别在意。”

法瑞尔似乎并不生气。不仅如此，好像还带着几分感谢。

“你小子，机甲战的战术技巧是在哪儿学的？”

“跟您学的。”

“别开玩笑了。找遍 JP 部队，也没有能带你的教官。编队训练的时候，是故意放水的吧？真是个不简单的家伙。”

巴托洛梅·法瑞尔军曹是身经百战的老兵，知道什么是真正的强者。他通过直觉察觉到，如果没有我那一脚，他可能就危险了。他也知道，眼前的年轻人达到了自己穷极一生也无法达到的高度，以及，在战场上，实力才是决定上下关系的唯一根据。

我的技术基础确实是他教的，但这一切似乎很难解释，还是算了。

“对了，US 的小个子找你，女的。”

小个子，应该是莎斯特·蕾尔吧？但是，这个莎斯特和我只在空中酒廊见过一面而已。找她借战斧的事，已经随着循环一起消失了。

“中队宿舍现在在哪儿呢，还有仓库？我想看看我的机甲……”

“刚出禁闭室就担心战甲？不愧是拿了勋章的人。”

“您别开玩笑了。”

“你小子的机甲被 US 部队拿走了。话说，那个小个子当时好像也在。”

“拿我的机甲干吗？”

“上面好像在商量什么，搞不好你小子要调到 US 部队去。”

“真的吗？”

“应该是去接铁面女王的班吧。不过，你小子肯定没问题。”

身经百战的军曹说着拍了拍我的肩，离开了。

我走向 US 部队的管辖区，去找莎斯特以及被带走的机甲。道路和兵营都被烧得一干二净，很难分清哪里是 JP 哪里是 US。长了一身肌肉铠甲的哨兵也不见了踪影。

我在维修部找到了自己的机甲，莎斯特也在。

不知道是谁，在我机甲的装甲上用金属写了两个字：

Killer Cage[1].

看来是我的称号。这么快就已经有称号了吗？就像丽塔·沃拉塔斯基被称为战场的女武神那样。作为杀死战友捞取勋章的猪屁股，倒是名副其实。竟然有人特意提醒我，真是个体贴的家伙。这个世界真不错。

莎斯特一脸郁闷地站着。

“我很认真地看着的，可是一不留神就……对不起。”

从说话的样子来看，她已经习惯于照看别人的机甲了。或者说，也许丽塔的机甲也遭到了同样的待遇。

“没事，我不介意。”

“是你找我吗？”

“我想把空中酒廊的钥匙给你来着。”

1　Cage：读音和日语的“ケツ”（屁股）相近。

“钥匙？”

“丽塔拜托过我，说除了她自己和你谁都不能进。要一连拦三天谁都不让进可太难了……不过，用了一些手段总算是办到了。”

我从莎斯特手里接过钥匙。

“那个，门口可能有点……不要管就好了。”

“谢谢。”

“没事，我也就只能做这些了。”

“可以问你个问题吗？”

“什么？”

“丽塔……她为什么要给机甲涂上红色？她应该不喜欢红色才对，你知道为什么吗？”

“她说想让自己醒目一些。不过我也不知道在战场上醒目到底有什么好处，那不是活靶子嘛。”

“原来是这样，醒目啊，这个想法真不错。”

“那，要不要给你的机甲装两只角啊？”

我的表情似乎有所变化。莎斯特小小的身体蜷缩了起来：

“开玩笑的。你别生气啊！”

“没事的，吓到你了，抱歉。谢谢你，我去看看。”

“那个……”

“怎么了？”

“可能有点不礼貌……我也想问你个问题，可以吗？”

“当然可以。”

“你和丽塔很早就认识了吗？”

我苦笑。莎斯特蜷缩得更厉害了。

“对不起！我不应该问的。”

“不用道歉的，确实很奇怪嘛。不过……”

“不过？”

“昨天是第一次见面。”

“我就说嘛。这个基地可是第一次来，我在说些什么呢。”

告别莎斯特，我来到空中酒廊，打开门，房间已经没有了主人。

入口贴上了写着 BIOHAZARD[1] 字样的黄色胶带。脚下滚落着灭火器，地板上有来历不明的沙粒以及液体风干后的痕迹。这就是莎斯特的“手段”。整个基地都受到传导流沙的污染来不及净化，没工夫去净化这些与军务无关的地方。不愧是麻省理工毕业的。

我走进房间。

空气停滞了。丽塔·沃拉塔斯基的气息丝毫没有留下，只有仍留在原地的瘪瘪的旅行袋、咖啡机以及便携式煤气炉能让我感受到，她曾短暂地存在过。

---

1 生物危害（Biologicalhazard，缩写为 Biohazard），具有生物性危害的物质，会以国际通用的“☣”图样标示。

行李基本都是部队发的东西，只有咖啡用具算得上是丽塔自己的东西。当然，也没有给我留下信件。她是不会做这种多愁善感的事情的。

玻璃桌上的马克杯里,还装着黑色的液体。是丽塔冲的咖啡。

我走过空无一人的房间，端起马克杯。

咖啡沉在杯中，黑漆漆的，已经完全凉到了室温。手上一阵颤抖，漆黑的水面泛起一片涟漪。

你也曾这样饱尝孤独吧。

我终于体会到了。

就像曾是一粒棋子的你，继你之后，我现在成了一粒新的棋子。不过是世界所需要的假英雄罢了。世界只会不断地把我推向充斥着血光与硝烟的战场。可是，你并不讨厌这样的世界。

所以，我也不会输。

我下定决心。

即使机甲电量即将耗尽，我也要用碳化钨战斧砍破敌人的心脏。桐谷·凯奇下过的地狱，次数多于每一个身经百战的士兵。什么时候开枪才能活下来，什么时候往前走一步会命丧黄泉，我的身体全都知道。就算闭上眼睛，拟态的子弹也休想伤我分毫。

我答应你，只要有我在，人类就绝不会输。哪怕是再花上10年、20年，这场战争也一定会以人类的胜利告终。

然而，那时的人类，已经没有了丽塔·沃拉塔斯基——我最想保护的唯一一个女人。

眼睛里涌出一股温热的液体，我隔着满是裂痕的玻璃，抬头仰望天空，忍住不让它流下来。

我不会流泪的。即使将来有战友死去，即使将来也一定会有重要的人无法得救。给你的眼泪，就留到一切尘埃落定之后吧。

模糊的视野中，我看见白云轻轻地飘在空中。所谓苍蓝欲滴的天空，指的就是这种颜色吧。犹如干燥的海绵，我的身体贪婪地吸收着这寂寥的苍蓝。

不爱孤独的你选择离开兵营到这儿独自生活，一定是不想看到即将死去的战友。经过漫长而艰难的战斗，虽然已不容易看清，但你的眼中依然流露着对战友的珍爱。不管是谁，你都不希望他死。

红色是你的颜色，只属于你的颜色，再也不会回来的你的颜色，就让它好好留着吧。

我的机甲，就给它涂上蓝色吧。初次见面时，你说过的，你喜欢的天空的颜色。就涂上蓝色吧！我要在百万大军中也能被一眼看见，我要成为众矢之的，我要成为所有敌人的目标，我要让人瞬间清醒！

我端起初识的她冲的最后一杯咖啡，吸吮着令人怀念又悲伤的味道，将这漂浮着蓝绿色菌群的液体，一口喝下。

后　记

我喜欢游戏。从一个乳臭未干的小毛孩儿，一直玩游戏玩到现在，也有几个玩得很不错的。

可是，冲过重重关卡，通关超难模式后也不会有欣喜若狂的感觉。不黯然神伤，不心花怒放，也不振臂高呼，只有冰块般安静而凛冽的兴奋不停地在心底打转。

那种感觉也许更接近于从高处俯视处于兴奋状态的自己。

“花了那么多的时间和努力，通关是必然的。”俯视我的我说。

那个我，脸上恶趣味地带着不屑一顾的笑容。那是达到一定境界的老兵们才懂的微笑。

可是，村里只会陈词滥调的长老却信口胡诌：

“不愧是 ××× 先生，老夫果然没有看走眼，你身上流着勇士的血。”

去你的。

我身上哪有什么勇士的血。求求你了，放过我吧。我不是什么了不起的人物，我只是个凡人，我对此感到骄傲。之所以能达到现在的成就，全都是因为我的努力，你没看见我的掌心上厚厚的老茧吗？这不是偶然，不是幸运，也不是超能力，为了使出必杀技，我重复了几百次。这份胜利是必然的，所以——不要用“勇士”这个词简单地定义我。

在写的过程中，我不时想起上面这些话。

这本小说的面世得到了许多人的帮助。虽然是一本相对阴暗的小说，人一次又一次地死去，不过，同时也是一部相当幸福的作品。

帮忙校对军事内容的增田淳先生以及各位军事同好，还有予以热心推荐的神林长平老师，谢谢你们。

啊，对了，还漏了一个。

读者朋友们，谢谢你们不断给我发射的秘密电波。

樱坂洋

出 品 人 沈浩波
特约监制 潘 良 于 北
产品经理 刘 烁 何青泓
版权支持 冷 婷 郎彤童

图书在版编目（CIP）数据

明日边缘 /（日）樱坂洋著；蔡东辉译 .— 杭州：浙江人民出版社，2022.11

ISBN 978-7-213-10560-9

Ⅰ . ①明… Ⅱ . ①樱… ②蔡… Ⅲ . ①幻想小说—日本—现代 Ⅳ . ① I313.45

中国版本图书馆 CIP 数据核字（2022）第 053091 号

浙江省版权局
著作权合同登记章
图字：11-2021-239 号

明日边缘

MINGRI BIANYUAN

〔日〕樱坂洋　著　蔡东辉　译

出版发行　浙江人民出版社（杭州市体育场路 347 号　邮编　310006）
责任编辑　钱　丛
责任校对　戴文英
封面设计　别境 lab
电脑制版　顾小固
印　　刷　三河市冀华印务有限公司
开　　本　880 毫米 ×1230 毫米　1/32
印　　张　7.75
字　　数　146 千字
版　　次　2022 年 11 月第 1 版
印　　次　2022 年 11 月第 1 次印刷
书　　号　ISBN 978-7-213-10560-9
定　　价　48.00 元

如发现印装质量问题，影响阅读，请与市场部联系调换。
质量投诉电话：010-82069336